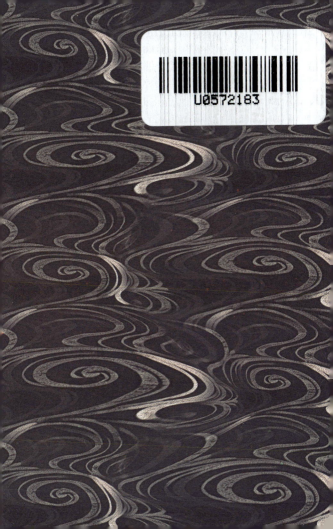

白蝶怪

半七捕物帐

はんしち

とりものちょう

［日］冈本绮堂 著

陈雅婷 译

北京联合出版公司

图书在版编目（CIP）数据

白蝶怪／（日）冈本绮堂著；陈雅婷译. -- 北京：
北京联合出版公司，2024. 9. --（半七捕物帐）.
ISBN 978-7-5596-7726-6

Ⅰ. Ⅰ313.45

中国国家版本馆 CIP 数据核字第 2024Z648G0 号

半七捕物帐：白蝶怪

作　　者：[日] 冈本绮堂

译　　者：陈雅婷

出 品 人：赵红仕

责任编辑：李　伟

封面设计：吴黛君

北京联合出版公司出版

（北京市西城区德外大街83号楼9层 100088）

北京新华先锋出版科技有限公司发行

大厂回族自治县德诚印务有限公司印刷　新华书店经销

字数1284千字　787毫米×1092毫米　1/64　47.25印张

2024年9月第1版　2024年9月第1次印刷

ISBN 978-7-5596-7726-6

定价：298.00元（全十册）

01

跳舞地藏

一

某次拜访半七老人时，老人问我：

"我觉得问你应该知道，你了解俳谐师几董[1]吗？"

时值甲午战争后，正是子规一派[2]及其他新俳句派别兴起的时代，故而我也了解一些。听老人问起几董，我立刻回答，他是芜村[3]的得意门生，是继承了夜半亭三世名号的著名俳人。老人点点头。

"原来如此。前阵子我去了个地方，碰上个书

---

[1] 几董：高井几董，江户时代中期俳谐师，夜半亭三世，别号晋名、高子舍、春夜楼、盐山亭。

[2] 以俳谐师正冈子规为中心，提倡写实主义的日本文人派别。

[3] 芜村：与谢芜村，江户时代中期俳人、文人画家。本姓谷口，名信章，号芜村，夜半亭二世。

画商。他给我看了张诗笺，说是几董的俳句。我不谙俳谐，简直一窍不通，但记得诗笺上的句子。"

"是什么句子？"

"是……'谁人祈愿时，藤花缚地藏'……有没有这一句？"

"有的，确实是几董的俳句，《井华集》[1]里也收录了。很有意思的句子。"

"连我这样的外行人都觉得有趣。"老人微笑道，"这应该是咏叹缚地藏[2]的句子，因为是俳谐才风雅地说是用藤花绑的。其实很少有人用藤蔓绑地藏，大家都是用粗草绳绑好几圈，想必地藏菩萨也很受不了。许愿者会绑住地藏，愿望成真时再来解绑，因此香火旺盛的地藏菩萨终年都被绑着。这是佛和菩萨普度众生的方便法门，实在

---

[1]《井华集》：宽政元年（1789）刊行的俳句集，高井几董甄选自己在明和七年至天明七年（1770—1787）间所作的上佳俳句收入其中。全集共两卷，上卷收录咏春、夏的俳句，下卷收录咏秋、冬的俳句。

[2] 缚地藏：日本民俗，祈愿者用绳子绑缚地藏菩萨尊像，愿望实现时再来解开。

可贵。"

"任何地藏尊像都可以绑？"

"不，不行。贸然绑缚地藏菩萨会遭天谴，能够绑缚的地藏只限'缚地藏'。缚地藏各地都有，江户也有两三处。其中最有名的是小石川茗荷谷[1]的林泉寺。林泉寺、深光寺、良念寺、德云寺四家寺庙并排坐落在小山丘上。林泉寺门外有座地藏堂。那就是茗荷谷的缚地藏，江户时代信众甚多。地藏菩萨尊像高三尺有余，置于三间见方[2]的佛堂之中，不必遭受风吹雨打。但因终年被粗草绳绑缚，石像自然磨损，至江户末年时已辨不清地藏菩萨的面容。林泉寺也有门前町，在那一带还算热闹……"

半七老人似是忆起了往事，微微闭眼。我很清楚，那是老人追忆旧事时的习惯。我摸出怀中

---

[1] 小石川茗荷谷：今东京都文京区大塚町、小日向町一带。

[2] 三间见方：边长三间（约 5.5 米）的正方形空间，整体空间约为 30 平方米。

的记事本搁在膝上。此时，老人突然睁眼。

"你性子真急，这便掏出了'生死簿'。感觉一遇上你，我就变成缚地藏了，哈哈哈……"

藤花缚地藏——多亏了几董的俳句，今天我又打听出一个故事。

"事情是这样的。"老人开始讲述，"林泉寺在茗荷谷。离它不远的第六天町[1]则有一座名为高源寺的净土宗寺院。我有些记不清到底是高源寺还是高严寺，就当是高源寺吧。这也是座相当大的寺院，而它门前竟也出现了一座缚地藏，而且比林泉寺的新很多，听说是安政大地震后出现的。"

"是人们新造了一个地藏？"

"这个嘛，也可以这么说……据说地藏菩萨在高源寺住持梦中显灵，说什么他已在寺内墓地的一隅之地中埋藏二百余年，如今结缘时机已至，是以出世。还说若祈愿者将他绑缚，便可诸愿皆成，并让住持天亮之后去墓地北隅的大银杏树下

---

[1] 第六天町：今东京都文京区春日二丁目一带。

挖掘。第二天早晨，住持立刻照办，果真在大银杏树下挖出一座三尺多高的石地藏……往昔常有这样的故事，也不知是真是假。就这样，高源寺将这尊地藏安置在寺门前，也建起一座小佛堂，如林泉寺一般让信徒礼拜缚地藏。由于两寺距离很近，双方隐有竞争之势。

"或许每个时代都是如此，往昔的神佛也有时兴与衰微之分，时兴时香火鼎盛，风头过后便渐渐荒废。都说无兴无衰才是真神佛，但世人终归喜新厌旧，新出现的神佛总会繁盛一时。听说当时高源寺的缚地藏亦是十分兴旺，香火香资纷至沓来。大概众人都觉得，既然要绑，那还是绑香火旺的地藏比较灵验吧。

"虽然不知那地藏灵不灵验，但方才说过，神佛惯来有兴有衰。三四年后，高源寺鼎盛一时的缚地藏渐渐沉寂，信徒们再度往正统的林泉寺去。这里说一句，接下来的事发生在安政六年（1859）七月过后。前一年安政五年发生了著名的霍乱大流行，整个江户都死气沉沉，十分沉寂。所有人都提心吊胆地祈求今年夏季不要重蹈覆辙，谁知六月底又零星地出现霍乱病人。当然，今年情况不像去年那样厉害，但还是有很多人在上吐下泻后过世，世间并不太平。由于众人极度恐慌于前一年霍乱的大流行，一有机会便会谈论起此事。结果期间又传出个离奇风声，说是高源寺的缚地藏会跳舞……"

"地藏跳舞……"

"你别笑，这便是古今之人想法的不同之处。一说地藏会跳舞，你会立刻发笑，但往昔的人会一本正经地感到不可思议。即便在往昔，有识之士或许会与你一样发笑，但普通的商人和匠人当真会觉得奇异，传闻便四下蔓延开去。不过那本就是地藏石像，不能像普通人那样耍着花样又唱又跳，只是简单地摇摆几下，远远看起来就像在跳舞。但是这石像白天纹丝不动，日落时分才开始跳动起来。由于当时临近盂兰盆节，大家纷纷传言，说连地藏菩萨都跳起了盂兰盆舞。好笑的是，不知谁起的头，又有新的风言传出，说是见到地藏跳舞的人今年就不会染上霍乱。"

"地藏会一直跳舞吗？"我问。

"虽说地藏傍晚开始跳舞，但不会一直跳到半夜，而是间或跳一段便停止。故而若想在地藏跳舞时叩拜，怎么也得耐心等上半个时辰。七月时节，凉风袭人，最适合礼佛，因此不仅山手那边，连下町方向也陆续赶来许多香客，礼佛的同时兼做纳凉。其中当然有人是觉得好玩来看热闹的，但也有许多人是听说此举可以避免霍乱而特地过来参拜。因此，高源寺的缚地藏又兴旺了起来。

"寺社奉行所得知此事，为防万一，便遣差役前往现场查看，发现传闻并非无稽之谈，地藏的确时不时会跳舞。于是差役们一度撤走，但那时正逢严打妄言邪说之际，默许此类风闻也不知是好是坏。虽然有人提出，视情况必须关闭地藏堂，暂时禁止民众参拜，但上面的意见迟迟不见统一。僵持期间，七月过去，八月到来，十二日和十三日下了一场暴雨。此前，七月二十五日也曾刮风下雨，但这次的风雨尤为猛烈，不少房顶被掀，也有不少围墙倒塌，近郊还有决堤淹水的地方。

"十三日傍晚暴风雨停歇，十四日天气转晴，气温却一下凉下来。太阳落山后，高源寺照例挤满了大量信徒，有上香的，有捐钱的，众人都合掌念佛，眼巴巴等着地藏开始跳舞，结果不知怎的，当晚地藏竟是纹丝不动。众人左等右等，就是不见地藏开始跳舞。"

"真奇怪。"

"确实奇怪。众人也觉得奇怪，一直等到四刻（晚上十时），地藏还是纹丝不动。众人实在坚持不住，一个接一个离去。当晚是八月十四日，月华如练，一派清光。第二天晚上是中秋，香客也不少。之后的十六、十七、十八、十九四日里，地藏菩萨都不曾跳舞，令众人备感失望。

"有人振振有词地分析说天气转凉，霍乱渐渐缓和，地藏菩萨便不再跳舞。总之，地藏不再跳舞的风声传开，香客也便一下子断绝，结果此时又发生一起事件。"

"什么事件……依旧发生在高源寺？"

"对。"老人点头，"小石川御箪笥町 [1] 有个叫今井善吉郎的小旗本。八月二十四日早晨，他家的仆役武助出门办事，七刻半（早上五时）左右经过高源寺门前时，不经意往地藏堂中一瞥，发现黑暗中似乎有个人影。他靠近一看，竟是个被绑住的女人。那女人被人用粗草绳绑得结结实实。"

"缚地藏前女子受缚……有意思。"

"这可不兴说，因为那女子已经死了。武助吓了一跳，但他急着赶路，没空掺和此事。正巧附近有家酒铺正在开门，武助便将此事告诉了酒铺的年轻伙计，自己则离开了。现场当下大乱，附近人都聚过去一看，发现女子是个二十来岁、肤色白皙的清秀姑娘，一看她土气的装束便知是个乡下女子，她头上的银杏返发髻蓬乱得不成样子。正如你所说，缚地藏前女子受缚，这是本案最离奇的一点，众人听说此事后，对此议论纷纷。"

---

[1] 小石川御箪笥町：今东京都文京区小石川五丁目、小日向四丁目一带。

二

由于案件发生在寺门前，高源寺自然将此事
上报给了寺社奉行所。办案差役前来验尸。女子
是被掐死的。尸体背靠石地藏，双腿前伸，好似
背负地藏，身上则被绑了好多圈粗草绳。虽然她
脖子上缠了绳子，但她并非因此而死。凶手是先
将人杀死，再将尸体搬到这里，与缚地藏绑在了
一起。办案差役也是如此推断的。

如此情况之下，当务之急是查明女子身份。
但高源寺声称完全不知女子是谁。附近人也说没
见过该女子。她的穿着打扮也明显不是江户人。
女子除了棉制荷包里有些零碎的银钱外，身上并
无其他能当线索的东西。如此，差役们只能先将
尸体寄放在高源寺，等待有人主动提供线索。

但这既然是他杀案，公役们也不能就此放任

不管。于是，八丁堀同心高见源四郎唤来半七：

"高源寺一案你多少应该听说了吧？这是寺社奉行所的请托，有劳你辛苦一趟了。"

"听说有个女子被杀了？"半七蹙眉道。

"对。这事本就怪寺社方下手太软。什么地藏会跳舞，可笑！早些取缔不就没事了。"

"我虽没见过，但小卒龟吉凑热闹过去看了地藏跳舞。我与他商议一下，设法解决此案吧。"

半七领了差事离开后，立刻唤来龟吉商议。

"你见过地藏跳舞没有？"

"见过了。"龟吉笑着说，"我还惊讶这世上怎会有那么多睁眼瞎哩。那地藏不是自己跳舞，而是被人操纵着跳舞。"

"想也是。"

"那寺院啊，为了跟林泉寺较劲，设法给缚地藏打出了名声，可惜没维持多久。于是这次就让地藏跳舞，随口扯些参拜跳舞地藏便能避开霍乱的谎言，大肆宣扬，说白了只是骗香油钱的把戏。不过因是寺院里搞的事，町奉行所的人不能随便插手，我便只在一旁观望，暗自觉得日后定会闹出事来。结果不出所料，闹出了这样的事。既然如此，咱们也不必客气，干脆将那些个诓人的和尚一个个揪出来，让他们坦白？"

"哪能这么直截了当。"半七沉吟道，"我们也得先按例将疑点都调查清楚再提审相关者。不然万一对方死咬着不松口就麻烦了。听说那地藏从十四日起便不再跳舞……你可知道缘由？"

"霍乱逐渐平息，加上可能被寺社奉行所找麻烦，他们大概明白见好就收，就不让地藏跳舞了吧。"

"是吗？"半七又沉吟道，"不过，眼下还不能确定被杀的女子与高源寺是否有关。即便让地藏跳舞是那群和尚玩的把戏，女子的尸体依旧不知是谁搬来的。若是寺里的和尚杀的，我想不会将她绑在地藏上，故意让人发现……"

"那些个骗子和尚，会不会又想拿此事宣扬什么风声？"

"难说。总之谨慎起见，先去一趟小石川吧。

看过现场才能下判断。"

半七与小卒龟吉一起离开神田三河町自宅时，时间已过七刻（下午四时）。虽说白昼渐短，但到底还是八月。二人走得飞快，沿着江户川抵达小石川时，秋日的夕阳还火红地挂在天边。高源寺很大。高耸的百日红将大门深深地遮掩起来，等到鲜花盛开的时节，一定是一道非常亮丽的风景线。

五六个小市民打扮的人正探头探脑地往寺里窥探，但里面寂静一片。不知是寺社奉行所的告诫还是寺院方面的顾虑，寺门前左手边的地藏堂入口围了圈类似板门、苇帘的东西，还立着块"谢绝入内"的牌子。两人凑过去，从门板缝隙中向里张望。在一片昏暗之中，依稀能窥见那尊石地藏。不仅如此，里面还断断续续地传出蛐蛐的叫声。

"进去看看？"龟吉说。

"不必与寺院打招呼，我进去看看，你在外头守着。"

半七让龟吉望风，自己四下看了看，发现围住入口的门板和苇帘只是做做样子，轻易便能找到缝隙钻进去。半七缩着身子钻进佛堂里，蛐蛐立刻停止了叫唤。他试着摇晃石像。虽然石像只有三尺多高，但因带有石座，无法轻易晃动。半七又弯腰查看了一圈石像脚边的尘土。

"喂，阿龟，过来搭把手。"

"来了，来了。"

龟吉也爬了进来。

"我想搬开这尊石像，但它有个石座，我一个人搬不动。"半七说。

缚地藏属实是块沉石，两人咬着牙拼了劲才勉强搬得动。他俩把石像抬起来往外一挪，半七发现下面竟然有个洞。为了防止周围泥土崩塌，洞壁上横向堆放着许多大石头和旧墓石。

"我就猜到是这样。"

半七下到洞内，只见洞深五六尺，底下有一条往里延伸的通道，长宽不过三尺，要想进去就只能靠爬。半七跟个鼹鼠似的往里爬，没爬过三间距离，就发现前路已经封死。无奈之下，他只能后退返回。

"过不去？"龟吉问。

"过不去，"半七摇了摇头，拍着衣服上的泥土笑道，"从中途就堵死了。不过我已经明白了。他们肯定是沿着通道爬到石座下，使了一些手段令地藏菩萨跳起舞来的。哼，净搞这些骗小孩的把戏。这下地藏跳舞的戏法就弄明白了，只是不知那横死的女子与此事是否有关。"

两人小声说着，拨开苇帘出去，谁知外头站着一个姑娘，正竭力伸长脖子往里窥探，饶是半七、龟吉这两个老练的捕吏也不免被她吓了一跳。女子十六七岁，脸上有几点零星的雀斑，算是瑕疵，除此之外是个肤色白皙、相貌不错的姑娘。

"你是哪家的孩子？"半七问。

"是，是那家……"姑娘指着寺门内。

寺门内左侧有家花铺，她好像是花铺的女儿。

半七又问："听说今早这里死了个姑娘？"

"是。"姑娘模糊答道。

"之后可有人来打听尸体的事？"

"没有。"

"尸体是不是放在里面？"

"是。"姑娘再度含糊道。

女子含糊其词的应答引起了半七和龟吉的注意。龟吉眼神立刻变得凌厉，连珠炮似的发问：

"你爹娘呢？你叫什么名字？"

女子回答，母亲阿金几年前病死；父亲定吉除了做花铺生意外，因寺域广阔，也时常帮着寺院男仆除草或洒水。她说自己名叫阿住，十七岁。

"你们住在寺门边，却一点没察觉昨晚至今早有人将尸体运来此处？"这回换半七问道。

"完全不知。"

此时，一名年轻僧人从寺门内出来，手里拿着一只写有高源寺名号的灯笼，但并未点亮。他快步经过，看见半七等人的身影后顿时驻足，若有所思地望着二人。

半七立刻发现了他。

"喂，你是这寺里的僧人？"

"是。"年轻僧人回答。

"其实我们正打算入寺。请问今早死在贵寺佛堂内的女子可还在？"

"不，我正要去报告此事……女子尸体不见了。"

"尸体不见了……"半七与龟吉对视一眼，"被人偷走了？还是她死而复生逃走了？"

"这……我们也不知到底是被偷还是起死回生。"

"若是夜里也就罢了，这大白天的也能弄丢暂管的尸体，倒是真奇了。"半七语带质问地说。

"我们派了勤杂僧了哲看守……"僧人似也有些羞愧地说，"结果了哲稍微走开了一下，就……当真奇怪。"

半七立刻了然。阿住回答尸体问题时之所以如此吞吞吐吐，想必是因为尸体丢失了。八刻（下午二时）过后，众人发现女子尸体失踪，先是搜了一遍墓地和其他地方，又集合起来商议对策，惊惶骚动了好一阵后，认为已无计可施，这才决定做好受罚的准备，将此事上报寺社奉行所。眼前这年轻僧人便是要去完成这个令人窘迫的任务。他自称俊乘，今年二十一岁，清秀的脸庞上毫无血色。

三

辞别俊乘后，半七和龟吉走进寺内。高源寺住持祥庆六十多岁，看着是个气度不凡的灰发长眉老僧。祥庆将二人领进书院，恭敬见礼道：

"两位办差辛苦。敝寺发生如此意外，寺中人又疏忽大意，实在惭愧。"

鉴于刚才在佛堂的发现，半七等人本以为住持是个德不配位的骗子，这下却有些出乎意料。眼前这位老僧看上去德高望重、气度不凡，旁人怎么也无法将他与骗子二字联系起来。两人同样礼貌地躬身行礼。

"请问贵寺共有几口人？"半七问。

"除我之外还有俊乘，虽然年轻，但已是敝寺的执事僧。"祥庆回答，"此外还有勤杂僧了哲、小沙弥智心、寺院男仆源右卫门，共计五口人。"

"敢问男仆源右卫门今年几岁，出身何处？"

"源右卫门二十五岁，出身秩父大宫[1]乡郊。"

"很年轻啊。"

"源右卫门是门口花铺定吉的侄子，来江户投靠他叔父。正好寺里缺一个男仆，他便在定吉的介绍下，自前年起在敝寺做事。"

"那源右卫门如今可还在职？"

"这个……"老僧蹙起长眉道，"自十天前便没回来……"

"和人私奔了？"

"如您所知，本月十二、十三日两天下了场暴雨，故而十四日寺内忙于清扫。花铺定吉和勤杂僧了哲也来帮忙，众人一早便开始清理。当天傍晚，源右卫门说要出去一趟，就此没再回来。他叔父定吉也担心得四处打听，听说至今仍不知去向……他的东西全都留在寺内，连衣裳也没带走一件。如此看来，他应该不是私奔，也没发现私

---

[1] 秩父大宫：今埼玉县大宫市。

奔的由头，故而大家都觉得奇怪。"

"听说贵寺门前的地藏会跳舞，可是真的？"

"虽然不知算不算跳舞，但地藏尊像确实动了，我也曾亲眼所见。"

"据说只要拜过跳舞的地藏，便能避开霍乱。"

"不，这只是民众私自宣说，并不知我佛真意为何。我等也不知能否防范霍乱。"

半七判断，在如此场合下，他身为住持也只能如此作答。两人绕到寺院后厨，只见勤杂僧了哲和小沙弥智心正在空地上捆枯枝，似乎是要当作柴薪储存起来。

"请问女子尸体当时放在何处？"半七问。

"因不能晒太阳，我便放在厨房的泥地上。"了哲指着地方道。只见厨房的泥地上铺着一张粗草席。

据了哲说，尸体消失是在八刻过后，自己去上茅房之时，与俊乘所言一致。很难想象女子能在这么短的时间内苏醒并逃离。了哲认为，应该是有人翻过后山潜入寺内，趁他离开时扛走了死尸。

寺后的确有一座山。称之为山其实有些勉强，实则不过一座小丘。这小丘上长满了大树和杂草，据说也栖息着戏弄人的老貉。小丘那头是三四家比肩而立的大旗本的宅邸。宅邸之间形成一道道横巷，那一带平时行人稀少，白天也十分寂静，有人从那里潜入并扛走死尸也不是不可能。

可是，既然凶手要扛走尸体，当初就没必要将之绑在缚地藏上。先展示尸体，又将之夺走，此中必有蹊跷。半七望着余晖中的森林树梢，沉思半晌。一只乌鸦嘶叫着飞过，似在嘲笑半七无能。

半七和龟吉返回厨房，检查了一遍泥地，却没发现任何能成为线索的东西。太阳不知不觉落山，四下渐暗。两人结束今天的搜查，离开寺院。走出寺门时，两人回头一看，只见先前那个阿住正站在花铺前。屋里点着一盏昏暗的座灯，窗户上投下一个男人正在吃晚饭的身影，从体态来看大概有五十来岁。这男人应该就是她的父亲定吉。

"头儿，怎么样？"走出小半町距离后，龟吉问道。

"那住持看着品德高尚，让我有些意外，但应该还是个老狐狸。"半七笑道，"他说源右卫门出走了，但是可怜呀，那寺院男仆大概已不在人世了。"

"和尚们把他杀了？"

"不是他们下的手，但人应该已经死了。阿龟，我就直接回家了，你在门前町逛逛，打听一下寺里那些家伙的消息。还有那个小沙弥，是叫智心吧？把他也查一查。"

"小沙弥……光傻站着，从头到尾没说过话的那个？"

"对。我不喜欢他的眼神。别看他只是一声不吭地傻站着，眼睛动得十分勤快。他虽只有十六七岁，但不可小觑。你心里有个底，去查查这人的来历和品行。"

半七给了龟吉一些零钱后离开。回神田的路上，半七想了想地藏堂那条地道。他认为寺院男仆源右卫门应该是死在那条地道里了。而那女子究竟是苏醒后躲了起来，还是被人带走了遗体，这个谜团还没能解开。

第二天，破晓时分下了场大雨，清晨已是阳光明媚。不一会儿，龟吉露面，但精神不太好。

"昨天我返回寺门前，先跑去荞麦面铺吃了面，又去小食铺喝了酒——顺便一说，那里的酒食太差劲了。之后我尽量扩大范围打听了一遍，却没什么收获。"

"大致打听到了什么？"半七问，"他们也聪明，兴许不会在附近露出狐狸尾巴。"

"总之，打听到的事大致是这样。"龟吉开始述说，"住持祥庆曾在京都某家大寺修行，学问很不错，字也写得很好。他在寺院施主之间颇有人缘，也没什么坏名声。俊乘和尚长得俊俏，听说很受门前町的年轻姑娘们追捧，但也没什么坏风声。这么一来，大家都是好人，根本没什么用。总之那附近的人没一个说他们是骗子的。"

"那个小沙弥呢？"

"小沙弥今年十六，块头大，看着比较健壮，但听说平时就有些傻愣愣的，没什么特别的。还有那个叫了哲的勤杂僧，他也有点傻气，虽然不做什么坏事，但会喝酒。大致就是这样。"

"那花铺父女……"

"当地人说，花铺定吉也是个老实人，可怜的是口吃严重，连话都说不清楚。听说他女儿阿住很孝顺，人也不笨。"

照这样说来，他们要么是老实人，要么是有些痴呆。大家全是好人，没一个有可疑的，难怪龟吉会一脸乏味。即便如此，半七还是耐心地追问道：

"那寺院男仆呢？"

"您说源右卫门？这人不知是好是坏，不清楚是个什么样的人。他脾气怪得很，前后三年，满打满算在寺里干了两年的活，却几乎不和邻居说话……"

"嗯。"半七歪头思索道，"真拿这群人没办法。"

"当真没办法，根本无处着手。"说着，龟吉似想起了什么，压低声音道，"不过我偶然听到这么一件事……听说大约一个月前，门前町边缘的咸脆饼铺的老板娘有事去茗荷谷时，曾看见阿住和一个二十来岁挺漂亮的乡下姑娘走在一起。"

"那乡下姑娘可是那个被绑女子？"半七连忙问。

"这倒无法断言……"龟吉挠着鬓角说，"脆饼铺的老板娘听说那件案子时，说不想看那种晦气东西，因此虽然住在附近，却没去凑热闹，也就不知道两者是不是同一个人了。如果真是同一个人，那可有意思了……"

"应该是同一个人，不，肯定是同一个人。"

"是吗？老板娘说，阿住虽然脸上有些麻子，但长得并不差。与她一起的姑娘没有麻子，长得好看不说，还长得跟她很像，老板娘乍一看还以为是两姐妹……"

"喂，阿龟，你可长点心。"半七笑出了声，"这不像你啊。都查到这份儿上了，你怎么就没更进一步？好了好了，我再跑一趟吧。"

"您要出门？"

"嗯。你也一起来。"

五刻半（上午九时）左右，两人再度前往小石川。两人在途中打好了商量，来到高源寺门前。地藏堂与昨日一样被封锁。两人走进寺门，只见花铺的定吉和勤杂僧了哲正拿着铲子和锄头干活。

"你们在干什么？"半七凑近问道。

两人似乎吓了一跳，面面相觑。定吉有口吃，这种时候无法立即回答。了哲也吞吞吐吐：

"早晨下雨，把这里冲塌了……"

"哦，冲塌了，所以你们在往里填？"

说着，半七看了一眼。泥地到处塌陷，似乎形成了一条道。再看一眼，这条道似乎通往墓地，停在了某座墓前，老旧的墓碑已然倒塌。

"喂，这墓无人祭拜？"

"是。"了哲点头。

半七返身走回花铺前，看见阿住正坐在窗下不安地往外探看。

"喂，姑娘，借一步说话。"

半七叫出阿住，往墓地中央走去。那里矗立着一棵大桐树。

四

"喂，阿住。你阿姊眼下在哪儿？"半七突然问道。

阿住沉默。

"不准隐瞒。大概一个月前，我亲眼看见你和你阿姊一起走在茗荷谷。你那阿姊去哪儿了？"

阿住依然沉默。

"阿姊已遭杀害，还被绑在地藏尊像上了吧？"

阿住惊讶地抬脸看一眼对方，马上又垂下眼去。

"你知道凶手是谁吧？我帮你报仇，你跟我说实话。"

阿住仍顽固地默不作声。

"是谁推倒那无主的墓碑，在下面挖了地道，让地藏跳舞？此事与你阿姊也有关吧？你阿姊的情郎是谁？那个叫俊乘的和尚？"

阿住仍然低着头。

"是不是俊乘掐死你阿姊？你阿姊究竟是生是死？"半七牢牢地盯着她，一个劲追问，"听说你素来孝顺，你若不肯坦白，我就绑了你爹！"

阿住看似要哭出来了，却依然不肯开口。

"你堂兄源右卫门呢？私奔是假的，其实是被埋在地道里死了吧？尸体藏哪儿了？"

阿住依旧沉默，好似在默认一切。半七暗暗笑了。

"我说了这么多，你还是不吭声，那我也没办法。我也不能一直耗在这儿，只能抓了你和你爹去能审讯的地方严加审问了，走！"

半七存着几分恫吓的心思，正打算粗暴地拉走阿住时猛地回头一看，竟发现小和尚智心忽然自大石塔后出现，举着砍柴用的镰刀朝半七挥了过来。半七敏捷地侧身躲过，一把抓住他拿镰刀的手，打算先抢下武器，谁知智心颇有力气，竟拼死挣扎。

不仅如此，方才万分老实的阿住也猛然扑

向半七，捡起附近地上的枯枝击打半七，还抓起混杂着苔藓的泥土抛向半七。半七一时睁不开眼，正有些招架不住时，留意到异常的龟吉远远地奔了过来。他先撞倒阿住，再一把拎起智心的衣领。智心遭两名捕吏压制，瞪圆了双眼被摁倒在地。

"好一个凶徒……要不要绑了他？"龟吉说。

"这厮不知会做出什么事来，先绑了吧。"

智心被绑上捕绳。两人厉色押着阿住和智心回到原地。眼下已刻不容缓，两人又催着哲带路，三人一同前往正殿。住持祥庆正在佛前念经，见半七等人进来，便徐徐转身面向众人。

"这两日真是辛苦二位了。我料想结局大抵如此，故而一早便在此念经，静候各位光临。"

半七见祥庆比预料中通透，面色也缓和了下来。

"详情之后再说，我先简单问几句。首先，地藏尊像一事，住持您应当知晓吧？"半七先问。

"知晓。"祥庆毫不露怯地回答，"十四年前，我成为本寺住持。这高源寺建于庆安[1]年间，历史悠久，只是前任住持留下大量债务不说，大施主也陆续离去。此后又遭受一次火灾，再建极其艰难。如此境况之下，寺院难以为继。这时，执事僧延光劝我设立缚地藏，说林泉寺的缚地藏一向香火鼎盛，建议本寺加以效仿，也弄一个缚地藏。我虽然知道这样不好，无奈手头实在拮据，便将万事交给延光去办。延光说，本寺往昔并没有地藏尊像，如今凭空出现一个实在怪异，恐怕无法吸引民众信仰。于是，他便请森川寺的石匠松兵卫制作了一尊石地藏，埋在墓地大银杏树底两年有余，再以神佛托梦的说辞将它挖了出来。如我们所愿，敝寺的地藏菩萨风靡了三四年，带来不少香油钱。"

"那个叫延光的执事僧呢？"

"兴许是菩萨降罪，去年二月，延光染了风寒后恶化为伤寒，三天后便去世了。我这才让俊乘接手成了执事僧。"

---

[1] 庆安：日本年号，使用于公元 1648—1652 年间，在位天皇是后光明天皇，江户幕府的将军是德川家光、德川家纲。

"你们是因信奉缚地藏的人越来越少，才让地藏跳舞的吧？这是你的主意？"

"不，不是我。"

"那是俊乘？"

"也不是他，而是石匠松藏……也就是松兵卫的儿子。松兵卫人不坏，但儿子松藏沉迷赌博，是个流里流气的坏胚。他听说缚地藏的事后，便来本寺拐弯抹角地勒索，说那地藏明明是他家新做的，说它是从墓地底下挖出来的，根本是一派胡言。他还说，若他将秘密泄露出去，不但世人对缚地藏的信仰会倏然断绝，本寺也会惹上麻烦。事到如今，后悔以前请错了人也无济于事，终归是我们被抓了把柄，延光便数次用钱打发他。我想，被松藏这样的人盯上，大抵也是佛祖责罚吧。"

祥庆数着念珠，闭眼半晌。后山传来伯劳鸟高亢的叫声。

"不久，延光去世，俊乘接手，松藏便转而时不时找俊乘索钱。俊乘年轻，性子老实，遭松藏那样的人催逼，自然极其为难。我虽然可怜他，却也无可奈何。怎料此后又出现个恶人，把我们逼到了穷途末路。"

"那恶人可是个女子？"半七开口问道。

"对，是那个叫阿歌的女子……"老僧点头道。

阿歌是花铺定吉的长女。父亲定吉和妹妹阿住都很实诚，阿歌却截然相反，未及成年便离开父母，在武州、上州、上总、下总等邻近诸国游荡。她擅长扮嫩，二十四五岁的人打扮得如同十八九岁的年轻姑娘，尤其喜欢打扮成土气的乡下女子。不用说，这是让男人放下戒备的手段。

去年年关，她回到江户，再度来到阔别十余年的高源寺。老实本分的定吉不让她进屋，正要将她扫地出门时，阿歌指着门前的地藏笑说："只要我一张口，不仅照拂你多年的住持师父会遭殃，连你也免不了受波及。"定吉闻言大为惊骇。

为何阿歌会知晓地藏的秘密？定吉惊恐地追问阿歌，后者才说她最近与松藏相熟。定吉愈发错愕，但眼下到底无法硬赶阿歌，只得让她入寺，按她的意思带她去见了俊乘，后者也大吃一惊。俊乘虽然犯难，但还是打算给她一些封口费息事宁人，结果阿歌竟说她不要钱。她说自己绝不会透露对寺院和血亲不利的话，只求寺院准许她偶尔出入。

这要求看似本分，但让这样的女子频繁出入也很难办，所以祥庆亲自会见阿歌，与她商定每月只能来寺里一次，并且要避开近邻耳目，尽量在夜间前来。阿歌答应，并做出一派诚恳模样，说每月能见一次阿爹和阿妹也知足了。

"果不出所料，她此举另有图谋……"祥庆语带叹息地继续说道，"阿歌说她不要钱，也绝不会勒索威胁，是因为她动的不是财欲，而是情欲……她不知怎的，竟爱上了俊乘。"

"阿歌与松藏有染吧？"

"不知。她本人声称只是熟人，但双方都是那样的人，实在不知两人之间有何纠葛。"

"松藏依旧常来吗？"

"是，时不时会来。"

阿歌图色，松藏则图财，可想而知饱受两人磋磨的俊乘有多困窘。

五

"明明约好每月只能来一次，但阿歌却一而再，再而三地前来。"祥庆又说，"我明知如此下去，俊乘必将堕落，却无能为力。阿歌倒还知道不能白天过来，因而所幸未被近邻察觉。可她后来竟拉着俊乘出寺，不知去了些哪里。可怜的俊乘，缚地藏的主意不是他出的，而他却为了拯救身为师父的我，陷于如此窘境。某天，当他跪伏在我面前泪流满面地坦陈自己已经堕落时，我也不禁落泪。他被阿歌那样的恶魔缠上，无法抽身。这不是他的罪过，而是身为师父的我的罪过。

"可在明知罪孽深重的情况下依然不得不罪上加罪、无奈为之的，便是跳舞地藏一事。松藏依旧死乞白赖地来索钱，但俊乘拒绝了。他告诉松藏，这阵子来拜地藏菩萨的施主越来越少，香油钱和其他进项都大不如前，无法再每次都任由他勒索。松藏便说他有个好主意……这主意便是让地藏跳舞。他说只要宣扬跳舞地藏能防霍乱，一定能引得众人竞相来拜。俊乘一拒绝，他就威胁要说出地藏的秘密。俊乘胆小，我也胆小，但却生出了出家人不该有的恶胆，觉得反正要堕入地狱，干脆一不做二不休……不，实在是逼不得已才如此胆大妄为……"

松藏是石匠，便由他负责建造让地藏跳舞的机关，于是他推倒墓地里无主的墓碑，在底下挖了条通往门前地藏堂的地道。负责挖地道的是寺院男仆源右卫门和勤杂和尚之哲。他们都是憨直之人，老实遵从了师父和俊乘的吩咐。地道顺利完成，松藏第一个钻了进去。

"他说狗獾成功了。"祥庆说。

"哦，原来是狗獾。"半七不禁微笑起来。

所谓"狗獾"，指的是赌场上让同伙钻到地板下用细针向上刺透草垫，按照意愿翻动掷在草席上的骰子的老千手法。松藏正是用这种手法在地底下让地藏跳舞。

最初的尝试成功后，让地藏跳舞的差事便落在了源右卫门身上。小沙弥智心也因觉得好玩，时常去帮忙。这俩又大获成功，跳舞地藏风靡一时。但由于地藏跳舞着实奇怪，有传言说寺社奉行所兴许会有动作。倘若严格调查，事情就麻烦了。正当众人议论着该见好就收时，八月十二日和十三日下了一场暴风雨。

由于十四日晴空万里，月升时刻源右卫门如常爬入地道，可地藏却没有跳舞，让这晚的香客们大失所望，而源右卫门也没再出来。寺中人觉得奇怪，便让智心爬进去看看，谁知中途被堵住了去路。原来连续两日的暴风雨软化了地面，头顶的泥土似乎正好塌在源右卫门身上，生生将他活埋了。

听了智心的报告，寺中人错愕地赶到现场。了哲和定吉合力把源右卫门拉出地道，可他已然窒息而亡。此事自然不能声张，众人只好对外说是私奔，将尸体埋在了墓地深处。在众人打算收手的当口发生如此意外，地藏也便不再跳舞。

众人也明白他们必须设法处理地道，但还没等他们来得及动手，今早的大雨又使地面的泥土发生坍塌。这次则是顺着地道出现了好几处坑洞，令人一眼就能看出路径，无法再置之不理。这场景若让外人看见可就糟了，于是了哲等人领命去填埋。正在填埋时，恰逢半七和龟吉再度到来。

如此，地藏之谜已大致解开，只剩阿歌一事。半七又问：

"被绑在地藏尊像上的女子就是阿歌，你应该知道凶手是谁吧？"

"事已至此，我便和盘托出吧。勒死阿歌的是智心。"祥庆说明道，"智心是孤儿，自十岁起便由敝寺抚养。他生来愚钝，连经文也记不住。但他还是勤恳劳作，并且尤其亲近俊乘。智心素来憎恨阿歌，常说那女子是恶魔，是让俊乘堕落的夜叉罗刹。"

"他何时杀的阿歌？"

"二十三日晚上。阿歌引诱俊乘去后山。由

于她神情举止与往日不同，智心也偷偷跟了过去。阿歌将俊乘带入森林，对俊乘说若他再待在寺里，两人便无法随意见面，让俊乘干脆还俗，与她一起逃走。俊乘自然不愿意。两人争论之间，阿歌言语愈发粗暴，威胁俊乘说：'若你不肯答应，我自有打算。只要我将缚地藏一事透露出去，你们一干人等不是死罪就是流放孤岛！'虽然这话她经常说，但俊乘还是感到为难。阿歌愈发得意忘形，竟作势立刻要去报案。暗中偷窥了好一阵子的智心再也按捺不住，突然扑过去掐住了阿歌的喉咙。智心年纪不大，力气却大。他两手掐住阿歌拼命用力，阿歌就此无力倒下。"

"原来是这样。"

智心眼神飘忽的原因就此明了，但将阿歌尸体搬入地藏堂的缘由依旧不明。祥庆继续说明：

"俊乘本性心软温厚，一见阿歌倒在眼前，顿时哀哭出声。可如今也不能叫大夫。俊乘便抱着女子的尸体哭了好半晌。智心就在旁边呆呆地看着。听说不久之后，俊乘曾严厉地质问智心为何要这么做，还说不能杀死这个女人，要智心与他一起将女子搬到地藏堂去。"

"这又是为什么？"

"据俊乘事后所言，他当时有些昏了头，竟一心认为既然绑缚地藏进行祈祷便能如愿，那若再将当事人也绑上去，愿望一定能够实现。于是，他与智心二人将阿歌先搬到寺门前的地藏堂内，再牢牢绑在地藏尊像上，并一心一意地祈祷了两个多时辰，祈求地藏菩萨让阿歌起死回生。"

"那阿歌复活了吗？"半七不禁好奇地问道。

"复活了。"祥庆有些庄重地说，"虽然没有立刻复活，但最终还是苏醒了。天亮前，俊乘回了自己房间一趟。由于自前一天傍晚便劳累不堪，他打了个盹，结果早晨武家仆役经过寺门前发现了阿歌的尸体。事情至此已无法隐瞒，只能按惯例报案。敝寺宣称不知女子身份，暂且收容了尸体。

"待差役们验完尸体离去，我们将尸体搬入厨房泥地之后不到半个时辰，阿歌自然醒转。我们大感震惊。俊乘喜极而泣。我们拿了现成的汤药让阿歌服下，再将她带入屋内，然后对外宣称尸体丢失。"

"阿歌之后如何了？"

"日落之后，她说自己舒服多了，我们便让她翻过后山回去了。她原本不肯乖乖离开，但我苦口婆心地劝她，答应往后让她自由与俊乘相见，极力安抚之后才勉强将她劝走。我也不觉得她会就此罢休，一定会再来提些无理要求，心中已做好准备。如今两位再度前来，诸事皆已败落，我也终于下定了决心。智心之所以对你们动手，大抵是因为对杀阿歌一事内心有愧。但阿歌的确还活着。"

话到此处，了哲突然面无血色地冲了进来。

"俊乘师兄死了！"

"怎么死的？"半七起身问道。

"他在后山樱树上自缢了……"

遭勒绞的阿歌起死回生，俊乘却自缢而亡。

六

"故事便到此结束吧。"半七老人歇了口气，"此事虽稍显有趣，但对我们捕吏办案来说，倒不算麻烦。"

"感觉只要润色几笔，它就能成为一篇有趣的小说。"我说。

"毕竟是实录，无法像小说那样凑巧。即使心里明白事情如何发展会比较有趣，我也不能扯谎，只能请你多担待了。"老人笑道，"其实还剩下点内容。关于那个阿歌……"

"我正想问呢。阿歌之后如何了？"

"若阿歌之后再闹出事来，此事想必能改写成小说或戏剧，但方才也说了，这是实录……阿歌失踪了一段时间，直到翌年五月因一起小小的勒索案被捕，之后被翻出各种旧账，最后流放孤岛。

由于不是我抓的人，故而不知详情。但听说阿歌怀里还收着俊乘的念珠，想必还对俊乘念念不忘。

"说到流放孤岛，高源寺的住持也被判流放孤岛，寺中其他人则遭到驱逐，此案就此落幕。住持也好，弟子也好，大家其实都不是坏人，可一旦踏入罪恶的领域便再无法抽身，只会逐渐跌落深渊。尤其是俊乘，他若身在一家好寺院，兴许能有大成就。如此一想，他实在可怜。"

"石匠松藏呢？"

"他听说高源寺的事后，立刻躲了起来。但他背着的那点罪也不至于让我们穿上草鞋跋涉缉凶，我们也就随他去了。后来听说他意外死在木更津[1]一带。有人说他去该处投奔了位同行，某次在铺子里雕刻巨大的地藏石像时，不知怎么的，石像突然倒下，正好砸到松藏的头，他便一命呜呼了。此事说来很像报应，不知是真是假，总之听说如此。

---

[1] 木更津：今千叶县木更津市。

"之后高源寺被废，如今已无迹可寻。而林泉寺的缚地藏则依然如旧，只是明治时代拆了佛堂，任凭地藏菩萨经受风吹雨打，不过听说尊像前的香花供奉还是源源不断。"

02

薄云棋盘

一

某天，我照例拜访赤坂半七老人家，恰逢老人从附近的棋馆回来。

"您喜欢下棋？"我问。

"不，说不上喜欢，也就在理发铺里与人随意下下将棋的水平。"半七老人笑道，"你也知道，我是个闲人，每天闲得不知道该干嘛，但也不能像流氓一样漫无目的地在大街上乱逛，唉，所以就去那儿打发打发时间。"

接着，我们便顺势聊起了围棋和将棋 [1] 的话题。聊着聊着，老人突然说：

"你知不知道下谷坂本那座叫养玉院的寺？"

---

[1] 将棋：日本版的象棋。棋盘为十横线十竖线相交组成的方格阵，棋子放置在方格之内，即棋盘有九行九列。棋子呈钟形，前端较尖，以此区别棋子归属。

"养玉院……"我想了想，"啊，以前参加葬礼去过一次。是在下谷丰住町[1]吧？"

"对，对。丰住町是明治以后才有的名字，江户时代虽然叫御切手町，但一般都叫下谷坂本。据说养玉院原本是金光山大觉寺，后来用了宗对马守[2]女儿[3]的戒名，改称养玉院[4]。这寺里保存着高尾[5]的围棋盘和将棋盘，你知道吗？"

"不知。"

---

[1] 下谷丰住町：今东京都台东区上野七丁目、下谷一丁目。

[2] 宗对马守：宗义成，江户时代对马国府中藩第二代藩主，官居从四位下侍从、对马守，在幕府与朝鲜的外交沟通中发挥了重要的中间人作用。

[3] 经查证，"养玉院"应是宗义成正室的戒名，并非女儿。

[4] 该寺在大正十五年（1926）与明治四十一年（1908）时迁来现址的归命山佛性院如来寺合并，成为归命山养玉院如来寺。现寺址位于东京都品川区西大井五丁目。

[5] 高尾：江户吉原游郭三浦屋内传承的花魁称号，可谓吉原太夫的魁首。最有名的应当是第二代高尾太夫，又称万治高尾，但其事迹有时与初代高尾太夫混为一谈。高尾太夫与吉野太夫、夕雾太夫并称"宽永三名妓"。"太夫"是对游郭中美貌与教养兼备的最高级妓女的称呼。

"据说吉原的三浦屋是该寺施主，向养玉院供奉了高尾的围棋盘和将棋盘。这位高尾太夫不知是第一代还是第二代，总之棋盘年代很久。我也曾看过一次。如今应该还在寺里，你可以去看看。啊，这围棋盘倒又让我想起来了，往昔还有薄云[1]的棋盘呢。"

"也在养玉院？"

"不，这棋盘出自深川六间堀[2]一家叫石榴伊势屋的当铺。"老人说，"但这棋盘的由来却沾了些怪力乱神。你知道，高尾和薄云可谓是往昔吉原妓女的代表。两者同属京町三浦屋。薄云养了一只猫，名叫'玉'。有一次，那猫儿调皮，跳到凹间里时爪子不慎抓坏了围棋盘侧边的金莳

---

[1] 薄云：薄云太夫，江户时代元禄年间吉原三浦屋的花魁，据说非常疼爱自己饲养的猫，连花魁道中时也抱着。

[2] 深川六间堀：旧时分布于深川六间堀东西两侧沿岸的町，如今河道已被填埋，今为东京都江东区深川下一丁目，常盘一、二丁目，新大桥二、三丁目一带。

绘[1]。当然，抓痕不明显。加之薄云素来疼爱这猫儿，当时也没叱骂它，棋盘也就这么放着了。"

"棋盘上用金莳绘？"

"薄云毕竟是当时的花魁。我见过那围棋盘，颇为华丽。木胎用榧木制成，四面涂黑色生漆并磨光，上面画了樱花和枫叶的金莳绘。莳绘和里头的木胎之间留有一个小爪痕，听说就是那只叫'玉'的猫留下的……本以为这爪痕是个瑕疵，结果不然。方才说了，这爪痕里头有一个故事。

"某天，薄云下楼准备去浴房。那猫儿也跟着她不肯离去，原来是想和主人一起入浴。薄云再怎么疼爱猫儿也不能带它一起洗澡，便呵斥猫儿，想赶它回去，可它就是不走，反而反常地露出一脸凶相，低吼着追在薄云身后。薄云无奈，只好

---

[1] 金莳绘：漆器漆工艺技法之一，由日本人学习唐宋的镂金工艺，并在此基础上发展创新而成。先用细腻的金箔粉和胶混合制成消粉，然后用消粉在漆器表面上描画图案、花纹、文字等，趁其未干时以金、银等金属粉涂撒后打磨，使其固定在漆面上，极尽华贵，有时以螺钿、银丝嵌出花鸟草虫或吉祥图案。

叫人。三浦屋的老板和下人都赶过来，想将猫儿强行带走，可猫儿就是不从。

"众人以为猫儿疯了，要伤害薄云。老板便拿来短刀砍向猫儿的细脖子，结果猫头飞进了浴房。众人定睛一看，原来有一条大蛇沿着浴房竹窗缝隙中爬了下来。猫头一口咬住了蛇的咽喉。蛇支持不住，砰一下摔了下来。当时的吉原与如今不同，四周多是庄稼地和草地，故而那条大蛇应是不知从何处爬进来的。众人这才明白，那猫儿应是知道有蛇，想保护主人，才表现得如此异常，然而为时已晚。薄云自不必说，其他人也感怀于猫儿的忠诚，将它的尸体送至附近寺中厚葬。

"据说当时三浦屋将那个棋盘也布施给了寺院。百来年后，明和五年（1768）四月六日的大火烧毁了整个吉原，附近也烧了大半。猫儿入葬的寺院也遭了火灾，之后也未再建，故而不知寺院名称。然而，也不知是如何抢救出来的，唯独那棋盘安然无恙，之后辗转于各收藏家之手，最后被深川六间堀的当铺石榴伊势屋收入库中。伊势屋是家老铺，门帘上染着石榴图案，故而时人称它为石榴伊势屋。这铺子也有些来历，但说来话长，眼下就不说了。伊势屋老板并非是特意买下这副棋盘来收藏的，而是有人拿到铺上典当，到期未赎，自然而然留下的。后来，老板过世，万贯家产连同这副棋盘便由他儿子继承。

"不过，养玉院中的高尾围棋盘和将棋盘安然无恙地保存到了现在，而薄云棋盘却出了事，还让我们费了好一番力气。"

他似乎明白既然话已说到这里，我肯定不会轻易罢休，歇口气后便继续说：

"当铺仓库最忌老鼠。他们只是暂时保管典当品。衣服也好，其他各种器具也好，若让老鼠啃了可就麻烦了。因此，无论哪家当铺都不敢怠慢防鼠之事。可奇怪的是，自打收入那个围棋盘，伊势屋仓库里的老鼠就不见了。众人都传，恐怕不仅是猫的爪痕，连猫的魂魄都留在了棋盘上，才使得鼠类畏惧不敢靠近。往昔常有这种怪力乱神的传闻，而且奇怪的是，这种有来历的东西也经常卷进各类案件中。

"事情发生在文久三年（1863）十一月。毋庸赘言，此刻正当幕末骚乱之时，入室偷盗、当街砍人之事盛行，也经常有人故意纵火。将军家二月进京，六月回府，据说十二月还要再次进京。猿若町的三大剧场 [1] 似是为了避嫌，当年没有上演惯例的颜见世狂言 [2] 来讨喜庆。十一月十五日，明明是七五三吉日 [3]，江户城本阵却发生火灾，连带外郭也被烧毁。如此情况使得世间人心惶惶，我

---

[1] 江户中期至后期，町奉行所官方承认的歌舞伎剧场只有中村座、市村座，以及后来改称森田座的河原崎座三家，合称"江户三座"。天保改革时，江户三座全部从日本桥迁移至猿若町，便称"猿若三座"。

[2] 颜见世狂言：江户时代各剧场主与演员的契约以一年为期，从当年十一月延续到翌年十月，因此十一月的演员名单便会发生变化。于是各大剧场会在十一月的公演中为观众介绍本年度的演员，称为"颜见世"。在公演中上演的歌舞伎狂言剧目便称为"颜见世狂言"。演出的剧目一般轻松愉快，庆贺氛围浓厚，但有一整套仪式性的固定流程。

[3] 七五三吉日：男孩三岁、五岁，女孩三岁、七岁时穿着华丽礼服前往神社参拜，以求守护神庇佑的祝贺仪式，于十一月十五日举行。

们也跟着忙得不可开交。如今想想只觉得不可思议，当时居然一个人能做那么多活儿。

"二十三日早晨，本所竖川大街二目桥[1]旁的六百五十石旗本小栗昌之助宅邸大门前出现一颗刚被砍下来的女子头颅。女子二十二三岁，脸上虽有些许痘疤，但面容俏丽，怎么看都不像良家女子，况且披头散发，看不出她之前梳了什么发髻。那头颅被放在一张围棋盘上。"

"围棋盘……就是薄云棋盘？"我立刻问。

"没错，正是薄云棋盘。"老人点头，"当然，这是之后才知道的，当时什么也不晓得，只以为是个华丽的老棋盘。女子头颅被摆在棋盘上搁在武家门口，这种事前所未有，也难怪世人哗然。民间又传出了有关此事的各种风言风语。

"方才说过，当时世事动荡，腥风血雨，人头也没那么罕见，当年六月时就曾有人发现两国桥边出现两个浪人头颅。但女人的头颅就稀罕了。

---

[1] 二目桥：今东京都墨田区两国四丁目的二之桥。

最令人信服的说法是，这女子肩负类似密探的任务，不是被幕府的人灭口，就是被攘夷派所杀，但大家还不知这女子是谁。

"倒霉的是小栗家。由于人头出现在自家门前，他们自然脱不了干系。若是随便搁在桥上，那另当别论。可如今既然出现在小栗宅邸前，也不怪外人觉得二者有牵扯。小栗家极为头疼，管事渊边新八跑来我家，求我尽快查明此事真相。他来时已是二十三日傍晚，现场勘验等流程都已走过。

"据管事说，小栗宅邸脱不开干系，只好先将女子的头颅和围棋盘暂时保管在自家菩提寺，也就是龟户慈作寺中。若他们当真与此事无关，那的确是飞来横祸。"

"往昔好像还有头颅旺武家的说法……"

"那是很久以前的事了。传说元禄十四年（1701）正旦，有人将一颗女子头颅放在永代桥旁大河内府邸门口，震惊全府。但主人却毫不惊慌，说那虽然是女子头颅，但对武家来说，在岁首得到人头是吉兆，之后还高高兴兴地为头颅造了间祠堂。往昔的武家或许会这样说，但后世可不一样，被硬塞个陌生人头只会觉得头疼至极。我也明白他们的难处，因此事情虽未发生在我的地盘上，我还是决定帮忙解决。"

说着，老人笑道：

"这说得好似我侠肝义胆，其实若能解决此事，宅邸一定会送我一大笔谢礼。如果不是隔三岔五就有这样的工作，我们做头儿的根本养不活手下那么多小卒。"

二

这年冬天雨水少，江户不停地吹着干燥的寒风。二十四日早晨，半七带着小卒松吉顶着寒风来到龟户慈作寺。两人表明是受小栗宅邸管事之托后，寺院也不敢怠慢，道了一句"辛苦"便领二人入寺，并端上茶水和点心。

涉案头颅被装在原木箱盒中，放在大殿佛像前。棋盘也一并放在佛像前，只是当时半七还全然不知它是名妓遗物，来自深川石榴伊势屋。两人在缭绕的炉烟中取下涉案物，拿到外廊的明亮处逐一查看。

虽然管事坚称宅邸与这两件物品毫无关系，但双方之间或许藏着什么秘密也未可知。半七询问了住持一番，没有问出什么结果，于是起身告辞，临走前告知寺院以后还会再来打扰。

半七领着小卒松吉走出寺门，寺院的门前町人影阑珊，地上一摊摊融化的霜水。

"正好风小了些。"松吉说。

"已到晌午了，在附近找家铺子吃饭吧。"

半七领头登上附近一家小食铺的二楼。等待上菜期间，松吉小声问道：

"头儿，怎么样？可有什么头绪？"

"眼下还没有。"半七搁下烟管，"但对那头颅已大致有数。头颅主人的确不是良家女。我总觉得面熟，却怎么也想不起来。"

"我也是！"松吉膝头前挪一步道，"我也觉得好像在哪儿见过，头儿也这么想？"

虽然两人意见一致，但都想不起来那女子到底是谁。不久，女侍端来酒菜，两人就在食案前喝了杯酒御寒。松吉打发走妨碍谈话的女侍后又开口道：

"此案当真与小栗宅邸全无关系？"

"管事说毫不知情，也从没见过那女子，只是不知他这话是真是假。所以此案必须先查清女子与小栗宅邸究竟有没有关系，还有凶徒为何要将头颅放在棋盘上。"

"小栗家主会下棋吗？"

"我也想到了这点，但问了管事和住持都说小栗家主厌恶棋类，从来不下。"

"小栗家主昌之助今年三十一岁，与妻子阿道生了昌太郎和阿梅两个孩子。昌之助的弟弟银之助今年二十二岁，被深川稻仓[1]前的二百石旗本大濑喜十郎家收为养子。兄弟俩感情不错。管事说，银之助五六天前还来过府上，用了晚膳才回去。听说银之助虽然会下围棋，但也称不上爱好。"

"这么看来，棋盘那边是毫无线索了。"半七说，"若真与小栗宅邸无关，便只能认为是案犯拿着棋盘和头颅前往目的地途中，因遇到某种阻碍而将之丢在小栗宅邸前逃跑了。棋盘很重，上面

[1] 深川稻仓：江户时期的幕府稻仓，位于今东京都江东区常盘一丁目一带。

又放了个人头，恐怕一个人没法搬动。可若是两人合作，一人搬棋盘，另一人拿人头，当中若无重大内情应该也不可能……"

"是啊。"松吉也歪头思忖道。

"这大白天的，我们也不能一直窝在这儿，快走吧。"

两人匆匆吃完饭离开食肆。正好风停了，两人便信步走到龟户大街上，恰巧在天神桥头遇到两名结伴出行的女子。她们是柳桥[1]艺伎，一名阿蝶，一名小三。两名艺伎看见半七和松吉便点头致意。

"两位上哪儿去？拜龟户天神？"半七笑问道。

"明天有约无法出门，所以今天提前去拜一拜。"阿蝶也笑着回答。

半七似想起了什么，凑到阿蝶身旁说：

"冒昧问个奇怪的问题，阿俊身子骨可还好？"

---

[1] 柳桥：当时存在于柳桥附近的一条花街，位于现东京都台东区柳桥一丁目，拥有繁荣的艺伎文化。

"呀，您不知道？阿俊今年六月赎身啦。"

"我竟一点也不知道。她被谁赎身，去哪儿了？"

"被深川石榴伊势屋的老爷赎身，如今住在相生町一丁目[1]呢。"

"相生町一丁目……回向院[2]附近吧？"

"对。"

"我记得阿俊脸上有几颗麻子？"

"没有。"

阿蝶回头望向小三，后者也点了点头。

"阿俊的相貌是出了名的好，没有麻子的。"

"也是。"半七也点点头。

辞别两名艺伎再度迈开步伐后，松吉边回头边说：

"看来头儿跟我想一块儿去了。我看见她们时，

---

[1] 相生町一丁目：今东京都墨田区两国二丁目。

[2] 回向院：位于今东京都墨田区两国二丁目的净土宗寺院，正式称呼为诸宗山无缘寺回向院。因地处本所，又称本所回向院。

也忽然想起那女子与柳桥的阿俊很像……可按她们刚才说的，阿俊脸上没有麻子。既然同伴都这么说，应该不会有错。真让人失望透顶。"

"嗯，我也猜错了。"半七叹了口气，"我一见她们的脸，便突然想起了阿俊，还以为肯定没错，结果只是偶然长得像罢了。虽然也有可能是阿俊离开柳桥后得了天花，但那女子脸上的麻子并非最近才留下的。只是，干我们这行的切忌言弃。如何？要不要回去的路上绕去回向院前，亲眼瞧瞧阿俊的情况？"

既然阿俊住在相生町一丁目，与小栗宅邸也不过隔了三四町，不排除有人将阿俊头颅带过去的可能性。半七认为，不管阿俊脸上有没有麻子，都有必要去查一趟。松吉快快地跟在半七身后。

"回向院前……回向院前……"半七嘟囔着。

两人经过吉良府邸遗址所在的松坂町，来到一目桥[1]边，跟人打听了一下相生町一丁目的阿

---

[1] 一目桥：今东京都墨田区两国二丁目的一之桥。

俊家，对方回说在义太夫节[1]女师傅竹本驹吉家隔壁。

"名叫阿俊，又住在义太夫师傅隔壁？这里不是竖川，而是堀川吧！[2]"半七笑道。

但两人没能笑多久，因为阿俊家已然人去楼空，门上还斜斜地贴着出租的条子。

"啊？空屋？"松吉瞪大眼睛道。

"去问问邻居。"

松吉打开义太夫师傅家的格子门，一阵后匆匆出来。

"头儿，听师傅说阿俊家昨天突然退租，搬到

---

[1] 义太夫节：江户时代前期，由大阪的竹本义太夫创立的净琉璃流派，融合播磨节、嘉太夫节、小唄等曲艺，特征是曲调豪快华丽。

[2] 引用净琉璃义太夫节《近顷河原达引》中的"堀川猿回段"。井筒屋传兵卫与妓女阿俊相爱，传兵卫在四条河原砍死情敌武士后成为通缉犯，阿俊则被遣回堀川老家。阿俊的兄长耍猴人与兵卫和盲眼母亲为阿俊着想，打算让她与偷偷前来的传兵卫分手。但与兵卫知晓妹妹阿俊对恋人的情意后，放走了妹妹与传兵卫，唱起耍猴曲为两人践行。该作细腻地描绘了所有登场人物的善意，通称"堀川"。

别处去了。她说有陌生人过来哐啷哐啷把东西一搬，招呼都没跟邻居打一声就走了，左邻右舍都觉得奇怪呢。这有些反常啊。"

"搬家时，阿俊来了没有？"半七问。

"对方突然过来，急匆匆地开始收拾东西，所以邻居也不清楚，好像没见着阿俊。我先问了句附近有没有人去看过那个女子的人头，对方回说有五六个人闻讯赶过去看，但都因为害怕而没仔细瞧就回来了。大家都觉得既然人头脸上隐约有麻子，那就肯定不是阿俊。"

"就算没和邻居打招呼，和房东总该打过招呼吧？房东在哪儿？"

"听说是二丁目一家叫角屋的酒铺，咱们过去问问吧。"

两人又去询问相生町二丁目的酒铺，账房里的掌柜回答：

"阿俊家两三天前就来知会过搬家的事。昨天早晨来了个陌生男人，通知我们今天就要搬，然后爽快地付清了租金和酒钱，所以我们也没过问。

听说要搬到浅草驹形[1]。"

"阿俊以前好像是柳桥的艺伎……"半七问，"她租房的担保人是谁？"

"听说照拂阿俊的老爷是深川石榴伊势屋，担保人就是那里的掌柜，叫金兵卫。"

"阿俊这人怎么样？"

"毕竟是艺伎出身，对谁都很亲切，在附近的名声也不差。她时常会到我们铺上来聊一会儿，很讨厌老鼠，曾说家里有臭老鼠出没，让她很头疼。"

半七将阿俊和老鼠联系起来想了想，但暂时没什么头绪。他又打听了些风声之后，便回到阿俊空空荡荡的屋子，里里外外搜查了一遍，但一无所获。

---

[1] 浅草驹形：今东京都台东区驹形。

三

"听说石榴伊势屋的老板喜爱泛舟。阿俊还在柳桥时，他就曾与她一起泛舟游大川。角屋掌柜不经意透露的这点可谓上天的馈赠。"半七边走边说，"我们现在去柳桥查一查租船行，兴许能有意外收获。"

"可是头儿，那女子的头颅好像不是阿俊的呀？不管问谁都说阿俊脸上没麻子。"

"话是怎么说。哎呀，你就再陪我走一趟。"

半七硬将松吉拽走，又去了柳桥的租船行。

他们与这一带的租船行基本都认识，随意找了家问了问，很快就得知石榴伊势屋常去的租船行是上州屋。上州屋铺前有个身穿长外褂的年轻船夫正在逗狗。

"喂，别逗了！"半七笑着搭话道，"你一个年轻人，又不是酒铺的跑腿伙计，在这儿跟狗儿一起晒太阳有什么好玩的？"

船夫德次见了半七，笑着打招呼道：

"日头虽好，架不住天冷呀。哎，头儿，进屋坐。"

"不，不进去了。我就在外头打听个事。"半七在店头坐下，"老板娘不在？"

"对，老板娘刚刚出去。"

德次吩咐婢女端来火盆和茶水。一个托钵僧来到铺子前敲了几下钲，然后离去。这期间，半七二人一直默默喝茶。隔壁二楼大白天的就传出唱小曲的声音。

"废话不多说，六间堀的伊势屋最近可曾来过？"半七问。

"时常和阿俊一起来。前阵子还说要去赏荒野，我带他们往上游去了。哎呀，可真是冷得要死……如今不流行什么赏荒野了，连赏雪的都越来越少。"德次笑道。

"想必是风流人少了。"半七笑道，"我想你应该知道，伊势屋有没有资助的相扑力士？"

"有，叫万力甚五郎……"

"万力甚五郎……是二段目力士[1]吧？听说很有力气……"

"力气很大，当真称得上'万力'……想必很快就能入幕[2]。"提起此人，德次赞不绝口，可见他相当看好万力，"伊势屋老爷为万力花了不少钱，正式比赛自不必说，连深川举行花相扑[3]时也每天热热闹闹去捧场。大家羡慕得紧，都说万力背后有个好靠山，太幸运了。"

"万力除伊势屋外，有没有其他武家支持他？"

"原本有家十万石的武家靠山，可惜后来家主

---

[1] 力士排名位阶之一，在序之口上，三段目之下。又称序二段。日本大相扑力士共有六级位阶，从低到高依次为：序之口、序二段、三段目、幕下、十两、幕内。幕内之中排名前列的又会被赋予特殊称号，由低到高依次为：小结、关胁、大关、横纲。

[2] 入幕：十两力士升入幕内称为入幕。

[3] 花相扑：非正式的相扑赛会，不收门票，力士成绩不参与大相扑排位。

禁止他出入府邸。他眼下最大的靠山就是伊势屋了。而且万力也是因为伊势屋才被那武家扫地出门，因此伊势屋于情于理都必须更加卖力地支持万力……"

今年三月，伊势屋老板由兵卫带万力来过上州屋。但时值赏花时节，天气也好，大部分艺伎都出去坐场子，连与由兵卫相熟的阿俊也出去了。不过由兵卫老爷事先并没有约请人，也没不知趣到拿此事借题发挥，所以便带着两名艺伎和万力，让德次划着篷船往大川上游去。几人在向岛上岸，赏了一天盛开的樱花，到日落时分乘船归来。只是不巧，栈桥边已停了两三条船，伊势屋的船没法靠岸。船夫们商议后，决定让伊势屋一行人从前船的船头跨过去。

由兵卫与两名艺伎都跟前船打过招呼后才借道上岸，可走在最后的万力甚五郎却乜了一眼船内，什么招呼也没打就想通过。那条船里有两名武士和一名艺伎，因是赏花归来，好像都喝醉了。其中一名武士便出声要万力打过招呼再走。万力置若罔闻，若无其事地走过。结果正当他一脚踏上栈桥时，那名武士突然冲过来，连着刀鞘一把抽走了万力腰上的刀，接着冲自己船上的船夫大吼，要他赶紧将船划开。

遭船客怒吼的船夫立刻拿起船篙，虽然因为现场拥堵而有些施展不开手脚，但还是往外撑出了大约一间距离。腰上佩刀被夺，栈桥上的万力大吃一惊。

无论武士还是力士，腰上佩刀被夺都不是体面的事。但更让万力骇然的是，那佩刀是自己背后的十万石武家宅邸赏赐的。若弄丢了，他就无法再出入宅邸了。如此一想，万力猝然变了脸色，惊叫出声，但为时已晚。对方的船已离岸一间有余，而他身材魁梧，无法跳上船去，已然一筹莫展。

由兵卫在听见动静后折了回来，但也束手无策。如今只能低头赔罪，所以由兵卫让万力赶紧道歉，自己也在一旁赔不是。万力微微俯首连连道歉，岂料对方乘人之危，叫嚣着要将佩刀扔进大川。那可真的不得了了。万力为难得几乎哭了出来，最终跪在栈桥上叩首求饶。

堂堂力士双手扶地认错，对方见状，大约也解气了，便将刀递给船夫还给力士。由兵卫给了船夫好多赏钱才离开。

"事情就是这样……"德次继续说，"我当时也在一旁看着，但对方是武士，我也没法把他怎么样。想必对方是知道力士腰间佩刀大抵是武家所赐，才会迅速将之抽走。瞧他那阵势，想必已习惯了闹事，着实奈何不得。"

"但那个万力也不懂事，为何一开始不打招呼？他这样，惹恼了人也没处说呀？"松吉插嘴道。

"这个呀，松哥儿，"德次又说明道，"万力也不是个不知礼的，只是这里头有些不称心……那伊势屋老爷熟悉的阿俊正好就在那条客船上……当然，她是艺伎，按说坐在哪个客人的船上都不奇怪。可在万力看来，便是资助自己的老爷亲近的女人上了其他客人的船，他心里莫名有气……当然他没理由生气，只是他性子直率，心里一不高兴，脸就冷了下来。想来他自己也没想到事情会变成这样。对方出手实在太快，着实叫人吃惊。"

"游手好闲的小旗本里有许多老油条，大意不得呀。"半七笑道，"不过，还好最后顺利解决了。"

"没能顺利解决……"德次皱眉道，"当时虽然就此告一段落，但这事不知怎的竟让宅邸里的人知道了。宅邸说，一个堂堂力士竟被夺走家主赏给他的佩刀，还在栈桥上下跪赔罪，丢了宅邸的颜面，还是禁止万力出入宅邸了。这么一来，伊势屋的老爷认为一切均由自己带万力去赏花而起，所以比以往更加卖力地支持万力。伊势屋是老铺，听说家业颇大。万力有它做后盾，日子想必不会难过，只是失去了宅邸的支持让他在同僚之间抬不起头来。如此一想，倒也不全是值得羡慕的好事。他本人心里指不定想躲哪儿哭呢。"

"确实。"半七叹了口气，"你知不知道那两个武士的身份？"

"一个是住在本所御旅所[1]附近的旗本平井善

---

[1] 御旅所：神社举行祭礼时，中途供神舆歇息、住宿的场所。

九郎，另一个不知是谁。抽走佩刀的不是平井大人，而是与他一道的武士，年纪二十一二岁，挺俊俏的，大约是某宅邸的浪荡次子或三子吧。"

"阿俊与那位叫平井的武士很熟？"

"说不上很熟，但也不是生客。不管怎么说，阿俊只是正好在那条船上，当真是遭了无妄之灾。此事明明与她无关，她却因此招了伊势屋老板的嫌。当时两人好像有些摩擦，后来伊势屋老板说正因自己纵容阿俊继续做艺伎才会发生这种事，所以六月时突然为阿俊赎了身。对阿俊来说，这是因祸得福也未可知。听说她如今被安置在对岸一目桥附近，日子过得十分清闲。"

"阿俊脸上有没有麻子？"

"她可是这一带出了名的美人，怎么可能有麻子。"德次否认道。

松吉再度失望地望着半七。

四

"头儿，接下来怎么办？"离开上州屋后，松吉问道。眼下已过八刻（下午二时），寒风又刮了起来。

"你可能会觉得我执拗，但我还是没法死心。"半七边想边说，"被杀的是阿俊，杀她的是万力。"

"棋盘原本放在阿俊家？"

"约莫如此。伊势屋是老当铺，大约因为流当或其他原因拿到了这么个好东西，就把它带到了阿俊家中。虽然天冷，但还是辛苦你跑一趟六间堀，查一查伊势屋的情况。"

"是。"

在桥上与松吉分开后，半七暂且回了神田家中。历朝历代涉刑狱者皆是如此，除依靠物证和旁证外，还必须依靠自身的判断力。半七坐在起居室的长火盆前，开始在心中梳理今天的收获。他认为，外行人才会纠结于阿俊脸上有没有麻子。而凶手是万力，受害人是阿俊这个判断绝对没错。

寒风吹了整夜，翌日清晨整个下町都受了霜冻。五刻（早上八时）左右，松吉过来露面，整个人似乎冻坏了。

"头儿眼光真准。死者果然应该是阿俊，因为那棋盘的确是伊势屋的东西。我问了附近同行，说是石榴伊势屋自上代起便有个叫薄云棋盘的东西。据说那棋盘里寄宿着猫的灵魂，只要摆着，老鼠就不敢出来……"

"是吗？我明白了。"半七颔首道，"听酒铺掌柜说阿俊极其讨厌老鼠，十分头疼于租屋里出没的老鼠。伊势屋恐怕是将薄云棋盘搬过去除鼠了吧。伊势屋老板为人如何？"

"伊势屋由兵卫四十来岁，妻子阿龟三十五岁，夫妇间没有孩子。由于他极其疼爱万力，近邻都在猜测他往后会不会收万力为养子，但应该不可能。万力今年二十一，长得好，力气大，人也耿直，外头都在传他很快就能出人头地。既然如此，他为何要杀自家老爷的外室？"

"这点我昨天也考虑过。此案想必与小栗宅邸的二爷有关。"半七胸有成竹地微笑道，"小栗家的二爷银之助今年二十二，据说去了深川稻仓前的旗本大濑喜十郎家做养子。我猜他与旗本平井平素就交好，那次赏花归途中抽走万力佩刀的应该就是他。万力大约是出于对老爷的忠诚和自己心中的愤恨而将阿俊的头颅放上棋盘，故意摆在了银之助本家小栗宅邸前。"

"既然如此，他应该将银之助一并杀了呀？"

"可能是想杀而没能得手，也可能有什么其他内情。不管怎样，凶手一定是万力。但他是个力士，没掌握确凿证据之前，我们不能随意逮捕他。你再辛苦一趟，去查查银之助。务必要查清夺走万力佩刀的究竟是不是银之助，以及银之助是否出入阿俊家。"

"遵命，我立刻就去。"

松吉接下差事离开。他前脚走，半七后脚也

跟着出门，去本所小栗宅邸面见管事渊边新八，询问银之助平素的品行。由于银之助是家主的弟弟，管事最初遮遮掩掩，后来被半七敲打了一番，这才不情不愿地陆续坦陈。据管事说，银之助行事十分放荡，与养父母关系不和，小栗家也暗自担忧他会被断绝养子关系。至于他与阿俊是否有私情，管事则称不知。

"他是何时去深川宅邸当养子的？"半七问。

"去年秋天。"管事回答，"不过要先以客人的身份在养父母家住上一年，之后才会正式对外公布。若万事顺利，十月时就该公布了。只是他与养父母的关系总也处不好，这才搁置了……故而外头似乎也有人不知他去了大濑宅邸，以为他还住在这里。"

半七心忖，万力或许也是其中之一。但若贸然透露此事，惊扰这里的管事也不好，故而半七什么也没说就离开了。

归途中，半七临时起意，去相生町一丁目找了竹本驹吉，便是阿俊的隔壁邻居。半七拉开格子门，里头出来一位二十五六岁的女师傅。由于对方是女子，半七想着开门见山更省事，便亮明捕吏身份，说要打听些情况。驹吉便恭敬地招待半七进屋。

"没打扰你授课吧？"

"哪里，今儿没人来。"驹吉匆匆准备茶水。

"不必麻烦了。我也不是来玩的。"半七立刻切入正题，"其实我是为隔壁阿俊的事来的。听说她侍奉的是深川石榴伊势屋的老爷？"

"是。"

"那老爷经常来这儿？"

"时常能见到。"

"除老爷外，可还有其他人来？譬如年轻男子……"

驹吉有些迟疑，但好像知道瞒不过半七，便老实答道：

"对，时而有个年轻男子来……好像是武士。"

"可曾留宿过夜？"

"未曾。但每次都是单独前来，玩到四刻（晚上十时）过后才走。听她的婢女说，好像是深川那边的人。"

"那婢女叫什么？"

"叫阿直，十七八岁，很老实。她老家也在深川，听说是大岛町[1]。"

"昨天搬家时，阿直在不在？"

"当时没看见她。后来听说她前天就请辞离开阿俊家了。"

"这么说，前天晚上只有阿俊一个人在家睡觉？"

"有可能。她似乎傍晚时去了哪里，深夜才回来。我当时已睡了，有些迷糊，但听见了格子门拉开的声音，心想她应该是那时回来的。"

"她拉开格子门回来之后，有没有再出去？"

"不知。"驹吉思忖着说，"方才说了，我当时已睡下，半梦半醒的，虽然知道她好像回来了，

---

[1] 大岛町：今东京都江东区猿江二丁目，大岛一、四丁目。

但不记得她有没有再出去。"

半七进一步询问那位时常过来玩的年轻武士的事。

"那武士是阿俊的情人吧？"

"兴许吧。"驹吉也笑了，"看着倒是个俊俏的风流公子……"

"可有力士出入阿俊家？"

"一个叫万力的力士来过，听说很受伊势屋老爷的赏识。"

"他可曾单独来过？"

"没有，大抵都是和老爷一起来的。"

"多谢，今天我就先回去了。若还有问题，我会再来相寻。虽然说是公差，但跑到你授课的地方来叨扰，实在过意不去。这点小心意，你拿去买些脂粉吧。"

半七掏出几个脂粉钱硬塞给驹吉后，离开了驹吉家。他顶着寒风走到回向院前，遇到了相扑比赛时负责呼唤力士上场的伙计三太。

众所周知，当时的大相扑，也就是所谓的"劝

进相扑 [1]"每年举行两场，分别称之为春场所和冬场所。冬场所固定于十月末至十一月初，逢晴天进行，共表演十天。如今冬场所已经结束，负责唤人的三太似乎在江户无所事事，见了半七便招呼道：

"头儿，今儿天可真冷。"

"听说冬场所很热闹？"

"这年头不太平，我们原本还担心呢，还好生意不错。"

"正好碰上你，我打听个事儿。"

半七将三太拉进回向院，打听起万力甚五郎的事。

---

[1] 劝进相扑：本是为了募集资金建造、修缮寺院而进行的观赏性相扑比赛，进入江户时代后有了职业化基础，随后发展成为收取门票的年度盛事。公元 1768 年在深川回向院首次举行大规模相扑表演，公元 1833 年以后固定在回向院举行赛事，是如今日本相扑协会主办的"大相扑"赛事前身。

五

傍晚松吉回来，带回的报告与小栗家管事的描述相符。大濑宅邸的养子银之助和当时典型的旗本次子、三子一样，性子放荡不羁，名声也不好。他与平井善九郎和其他五六个酒肉朋友一起到处玩乐。夺走万力佩刀的也是他。不仅如此，他还得意扬扬地到处吹嘘，说自己让堂堂的力士下跪赔罪。

事情发生时，阿俊确实正好在船内。但在她被伊势屋赎身后，银之助是否还出入她居住的外宅则不得而知。

查出以上结果后，半七心中已有了决断，并在翌日清晨前往八丁堀同心熊谷八十八的宅邸，详细禀明了来龙去脉。获得允准后，他立刻前往深川北六间堀，将石榴伊势屋主人由兵卫传唤到警备所。

与此同时，半七派人去搜查本所回向院门前的二段目相扑力士的住宅，结果发现万力已撇下所有家财，逃之夭夭。众人在他家厨房的地板下发现了一具无头女尸。

"事情大抵便是如此。说到这里，你应该大致明白了吧？"半七老人说，"将女子头颅放在棋盘上搁在武家宅邸门前……案子虽然罕见，但真相却比想象中单纯，也不必我多解释。"

"但我还是有很多事情不明白。"我又翻开记事本，"你们审问伊势屋主人后，他是怎么说的？"

"他不愧是大户人家的当家人，干脆利落地招供了一切。据说万力佩刀被抢之后，自觉得对不起支持自己的武家宅邸，决意切腹谢罪，但被由兵卫苦口婆心劝住，姑且稳住了事态。之后由兵卫为阿俊赎身，将她安置在本所，也就是将她收为外室。前面说了，阿俊非常讨厌老鼠，而她在本所的房子里有老鼠出没，让她大感头疼。于是由兵卫便将薄云棋盘搬了过去，而且据说之后真就不闹耗子了，着实神奇。

"之后顺顺当当过了小半年。到了十一月前后，阿俊一再要求搬家。由兵卫就在浅草驹形租了栋房子，准备在十一月二十三日为她搬家，于是决定先将薄云棋盘带回伊势屋。搬家前一天，也就是二十二日早晨，万力来伊势屋时听说此事，爽快地说自己代由兵卫去取便可。

"万力这一去就没再回来。第二天二十三日是搬家的日子，伊势屋遣了人去阿俊家帮忙，却发现万力就等在一目桥旁，说阿俊已去了浅草，让工人们到地方后直接搬东西即可，说完就不知去哪儿了。一无所知的工人们去房东家的酒铺打过招呼，陆续搬走阿俊家的东西，送去了驹形的新住处，结果发现阿俊并不在那儿。

"过了晌午也不见阿俊的踪影，众人实在等不下去，便遣人去深川伊势屋知会情况。当时已是二十三日临近七刻（下午四时），小栗宅邸的事已传到深川。由兵卫这才恍然大悟，但为时已晚。

由于万力始终不知去向，由兵卫简直一头雾水。此事若张扬出去，难免损害铺子名声。由兵卫只得打碎了牙往肚子里咽，浑浑噩噩地过了两三日。此外的事，他就一概不知了。

"这么说来，仿佛他对此事极其姑息。但高门大户惯来看重名声，加之此事又涉及自家小妾，他自然更在乎世间体面。想必伊势屋主人也是无计可施，只能默不作声地暗中观察事态发展吧。审到这里，主人由兵卫没有任何罪责，就先放他回家了。"

"凶手果然是万力？"

"万力出身野州鹿沼[1]乡间。他离开江户后，先去辞别故乡的叔父和兄长，随后前往自家菩提寺莲行寺，在家族墓前切腹自尽了。虽然杀人罪责无可逃脱，但一个前途无量的年轻相扑力士因这种事而死，实在是令人惋惜。

"万力的叔父甚右卫门带着一封书信来到江

---

[1] 野州鹿沼：今枥木县鹿沼市。

户，造访深川伊势屋，说是万力的遗书。据说万力曾向甚右卫门透露，他在二十二日前往本所阿俊家中取棋盘时，阿俊正在收拾行李，却不见婢女阿直。他问阿直去了哪儿，阿俊回说已辞退了。万力便讥讽说，想必阿直在场让她很不方便。据说阿俊没有吭声。当时万力顺利将棋盘拿回伊势屋。据说他将棋盘放在凹间里定睛瞧了一阵，心里忽然腾起阵阵杀意，竟想看看阿俊的头颅放在棋盘上的样子。"

"是棋盘上的猫灵作祟？"

"也不知是不是作祟，总之他突然起了杀意。当然，万力盯上阿俊也不是一天两天了。"老人说明道，"万力就住在阿俊家附近，因此早已察觉阿俊背着伊势屋老爷和小栗家的二爷银之助有染。阿俊想搬去驹形，也是因为成天在万力眼皮子底下很麻烦。万力为人耿直，觉得阿俊欺瞒老爷暗地偷情十分不齿。何况偷情的对象还是小栗银之助，正是害得万力丢了宅邸支持的人。故而对万力来说，银之助便是仇人，也难怪他愈发无法忍受。

"于是万力私下提醒了由兵卫，只是后者迷阿俊迷得紧，根本不听劝。不仅如此，那段时间，由兵卫还给万力脸色看。万力认为定是阿俊给老爷吹了枕头风，愈发憎恨阿俊。

"再者便是，他听说由兵卫打算以没有子嗣为由，将妻子阿龟休回娘家，改迎阿俊进入深川本宅。若真成这样，夫人娘家必然不会罢休，亲戚们也会提出异议，伊势屋内部就会起内讧。忠义的万力不能容许这样的事情发生，深思熟虑之后暗下决心，绝不能就此放任阿俊。

"他又想着既然要杀阿俊，干脆将仇敌银之助也一块杀了，于是跟踪了他一阵，无奈没找到好机会。不知是否因此心生杂念，这次冬场所上，万力四胜六败，丢尽颜面。正当他心灰意冷之时，阿俊闹着要搬家……万力大约以为，阿俊之所以要搬到驹形，是想着离开了自己眼皮子底下，她就可以自由地与银之助苟合吧。而她辞退阿直，大约也是因为阿直是伊势屋派过来的婢女，令她行事多有掣肘。如此一想，万力愈发愤怒。

"这节骨眼上，他看见薄云棋盘，忽然心生杀意……也不能说是被猫灵附身，总之万力忽然觉得杀不杀银之助已无所谓，反正阿俊今晚必须死。日落时分，他来到相生町一丁目，在阿俊家附近徘徊。不久，阿俊不知要上哪儿去，裹着头巾出来了。万力趁机上前唤人，谎称老爷来到深川平清[1]，让自己来接阿俊过去。阿俊虽早已对万力有所戒备，但这次只能说她运数到了头。阿俊大意上当，走到一目桥时，万力看四下无人，突然掐住了阿俊的喉咙。被一个相扑力士掐住脖子，阿俊自然受不住，半死不活地瘫软倒下，万力就背着她回到自家回向院前的屋子。

"万力家里没有女人，只有一个叫黑松的取

---

[1] 深川平清：江户时代深川土桥永代寺门前一家著名的高级食铺，常有幕府官差、各藩外交人员和财力雄厚的商人、文人在此集会、接待、议事。

的[1]力士。他与黑松合力砍下阿俊的头颅，将尸体埋在地板下。如此算是把阿俊解决了。之后，万力又想，今晚银之助或许会来留宿，于是半夜潜入阿俊家。但是家中空无一人，他也徒劳而返。隔壁驹吉听见拉开格子门的声音应该就是这时。之后，万力用布巾包好阿俊的头颅，让黑松拿着棋盘，再度悄悄出门。

"他最初想将头颅和棋盘放在银之助家门口，所以去了深川稻仓前。但他只见过那宅邸一次，加之夜晚漆黑，又有好几栋差不多的宅邸排列在一起，万力一时间也分不清哪处是大濑宅邸。万一放错地方，会给别人添麻烦。所以万力又折回本所，将头颅搁在了小栗宅邸前……总之是将对二爷的恨意撒到了本家头上。因为有这么个不成器的二爷，本家也遭了无妄之灾，想想真是可怜。"

---

[1] 取的：相扑力士的称呼之一，多指序二段、序之口以下的最下级年轻力士。

"这么说，那个叫黑松的弟子也是共犯？"

"他应该是无法违抗师傅的命令吧。万力给了他一些钱，让他趁夜逃跑。黑松的故乡在远州挂川[1]乡下。谨慎起见，我们过去打听了一下，但他没有回乡，约莫是逃到京畿一带了，最后下落不明。黑松只是个名不见经传的取的力士，问题倒不大。但万力是崭露头角的二段目力士，所以这事传出去时，众人都大吃一惊。

"虽然说里边掺杂了对银之助的恨意，但万力杀死阿俊并非为财，也非为色，而是出于对老爷的忠心，自然会博得世人的同情。前一年，也就是文久二年（1862）四月也有过相扑力士杀人事件。两名力士，一个叫不动山，一个叫殿，他们砍死了同僚小柳平助后投案自首。此案风声尚未平息，此番又出了万力的事，惹得世间议论愈发高涨。"

"那阿俊脸上的麻子是怎么回事？"

---

[1] 远州挂川：今静冈县挂川市。

"正如我方才所说，我们捕吏有一种直觉。"老人笑道，"虽然有时错得离谱，但在此案中倒是正中红心。不管有没有麻子，那女子怎么看都是阿俊。我起初便这样认为，结局果然如此。阿俊脸上的确有麻子，但她一直用脂粉涂抹遮掩。阿俊非常注意仪容，早晨天还没亮就化完妆，从不将自己的清水脸示人，看来她本人为了遮掩痘疤也是费尽了心思。

"被杀当晚，她应该也上了妆，只是万力洗掉了她脸上的血迹，这才首次暴露了她原本的面容。煞费苦心遮掩的疤痕竟在死后暴露在人前，或许阿俊也很懊丧。至于阿俊是否想挑起伊势屋内斗，仅凭万力的一面之词也无法判断。但也有人说，她不是做不出来那种事。"

最后只剩薄云棋盘的事了。关于它，半七老人说：

"棋盘被归还给伊势屋，但事到如今，就算它带有薄云的传说，伊势屋也不可能留下。于是，伊势屋便把它送去菩提寺，请众多僧人诵经后便在寺院庭院中烧掉了。有人煞有介事地到处吹嘘，说腾起的烟雾中出现了叼着女人头颅的猫。这自然是胡说八道。

"至于银之助，他当年年末回了小栗本家，依旧游手好闲，没过多久就在庆应四年（1868）的上野战争[1]中死在下谷一带。但他并没有加入彰义队，而是打扮成平民的样子，裹上头巾，跑去看人家打仗时中了流弹倒毙路边。这下场倒当真适合他。"

---

[1] 日本戊辰战争中的一场战役，发生于1868年7月4日，交战双方为明治新政府军和彰义队等旧幕府军。战役后彰义队几乎全灭，新政府军掌握江户以西的日本土地。

03

双

妻

一

那是四月中旬某个周六的傍晚。

"怎么样？明天的天气……"半七老人问。

"好像有点阴。"我回答。

"现在正值花季，伤脑筋哦。"老人皱起眉头，"但你们还是打算去赏樱吧？"

"只要不下雨，我应该会出门。"

"准备去哪儿……"

"小金井[1]。"

"哦，小金井……感觉火车会很挤。"

"尤其明天还是星期日，想想就担心。"

"现在有火车已经很方便了，轻轻松松就能当

---

[1] 小金井：今东京都多摩地域东部的小金井市，位于旧江户的西边。小金井玉川上水沿河的山樱被誉为江户近郊首屈一指的樱花胜景，很受欢迎。

日来回。以前我们从新宿出发，要经过淀桥、中野、高圆寺、马桥、荻洼、迟野井、牧野横町、石桥、吉祥寺、关前……这已经是从江户去小金井的近道了，但走起来相当远。如果想悠闲地看一整天樱花，那就必须住一晚上。小金井桥附近有两三家饭馆，兼营客栈，旅客一般都住那里。可这些所谓的饭馆说到底也就是乡下茶馆，江户人住起来非常难受。"

"您也去过那儿？"

"去过。"老人笑着说，"我一直听说小金井的樱花漂亮，但刚才也说了，路途遥远，所以禁不起一拖再拖，去得很晚。我记得很清楚，那是嘉永二年（1849），也就是浅草源空寺举行幡随院长兵卫去世三百回忌日法会 [1] 的那一年。长兵卫的法事在四月十三日，我则是在三月十九日带着小卒幸次郎和善八首次长途跋涉去了小金井。

---

[1] 日本有百日忌、一周忌（这是周年忌）、三回忌（这是两周年忌）等，而没有"二回忌"，导致忌日的周年数比"回"数少一，因此三百回忌就是二百九十九周年忌日。

若是武家人，此刻定是戴上斗笠骑马远游。可惜我们是町人，不能这样。我们三人扎上绑腿，穿上草鞋，拾掇好现在所说的远足装，一大早爬上山手，顺次徒步经过新宿、淀桥、中野。那时是旧历三月，白天甚至有些热。现在回头想想，往昔人真是做什么都慢腾腾的，途中在茶摊休息了几次，又慢悠悠地接着往前走，心里把这当作消遣。"

"这才是真正的消遣啊。哪像现在，上了火车就跟疯了似的闹哄哄的，都不知道是出去玩还是出去受苦。怎么想都觉得，真正的赏花就该像以前那样。然后呢？您那时有碰见什么新奇事吗？"

"有。"老人又笑了，"俗话说'常在外面转，也许交好运'，可奇怪的是，我们一出门总会撞上些事件。那时也是，去小金井时倒没发生什么。我们在小金井桥附近吃了午饭，悠闲地赏了花，若是晚间也在此住上一晚，大约也就没后面的事了。可当时想着，反正要住一晚，不如再走一段去府中[1]宿场。大家脚力都很好，几个人就从小金井出发，沿着田间小径上了甲州街道，走了大约一里[2]半路（约5.9千米），到了府中宿场，进了中间一家叫柏屋的客栈。当时天色还早，就又出门去参拜了以暗祭[3]闻名的六所明神[4]。既然来了府中，怎可不来这里。你去过吗？"

"没有。读书时期一次远足时去过小金井，但没去过府中。"

"那我得稍微跟你说明一下。当时，神社入口到随身门大约有一丁[5]半的距离，道路两旁是松树和杉树的林子，里面有棵五六人合抱的大树，生

---

[1] 府中：今东京都府中市，位于多摩地区中部。

[2] 里：日本尺贯法下长度单位。与中国不同，日本1里=36町=2160间≈3.9千米。

[3] 暗祭：主要指5月3日至6日在府中大国魂神社举行的惯例大祭，起源为武藏国的"国府祭"。

[4] 六所明神：指府中的大国魂神社。亦称六社、六所。

[5] 丁：同"町"，日本尺贯法下长度单位，1丁（町）≈109米。

得遮天蔽日，十分茂盛。这些大树上栖息着很多鹭鸶和鸬鹚，它们会在天气最冷的那个月飞到别处过冬，等严寒过去了又回来，而且归期固定在每年同一天，非常准时。这在当地也被称为七大怪事之一。那些鹭鸶和鸬鹚会大老远飞去品川海边或多摩川附近抓各种各样的鱼叼回来，有时一个不小心滑了嘴，鱼就从树梢上掉下去。天降鲜鱼，当地的女人孩子们见了就会去捡回来。多亏了这些鸟儿，这里离海很远却能捡到各种新鲜的海鱼，真是福兮祸兮不知从何而起。"

"真有趣。现在也这样吗？"

"这我就不知道了，但以前真是这样。我亲眼见过，所以绝不是杜撰。"老人笑着继续说，"那时天上也降鱼了。我、幸次郎和善八三人出了客栈，去了六所神社。刚才说过，随身门前左右都是大片松、杉林，我们信步在林中游赏，只听幸次郎忽然惊呼了一声。我们疑惑地顺着他手指的方向望去，发现一只大白鹭正从天而降，落到树梢上时，衔着的黑鱼不知怎么的从嘴里滑脱，自半空掉了下来……此时正好有两个孩子在附近玩耍，见状立刻'哇'一声跑了过去。其中一个是背着婴儿的十四五岁女孩，另一个像是十一二岁的男孩，两人都慌忙跑过去抢鱼。这么一来，那白鹭无法飞下来叼鱼，此事就演变成了两个小孩之间的争夺战。

"女孩毕竟比较年长，身手敏捷地一把捡走鲜鱼，男孩就去她手里抢，可女孩坚决不给。两个孩子哭丧着脸你争我夺。本来不过是小孩子抢东西，一笑而过便是，偏偏我的性子由不得我那样做。我担心他们弄伤自己，就让幸次郎过去劝架。幸次郎跑过去拉开了两人，当了劝架人。虽然说对方是孩子，但总不能横插一脚就不管不顾，于是幸次郎就对两人说，这鱼是女孩先捡到的，理应归女孩所有，接着掏出三四文钱递给男孩作为补偿，男孩高高兴兴地接了。

"然而，不知是两个孩子平素关系就不好，还是不甘心被抢了鱼，男孩就指着女孩说她家里闹鬼，接着大喊着'闹鬼喽、闹鬼喽'一溜烟跑走了。女孩听罢，摔了手里的鱼，'哇'地哭了起来。我们三个莫名其妙，可也不能一直陪孩子胡闹，于是就走了，进随身门到神社里参拜一番便回了客栈。

"本来，这件小事也称不上什么谈资，可当晚因为客栈里没几个客人，店里的女侍就到房间来给我们斟酒，其间说起白天那件天降鲜鱼的事情时，女侍说她认识那个女孩。她说虽然不知男孩是谁，但女孩肯定是阿三。阿三的父亲叫友藏，大约四年前在布田[1]宿场的多摩川边当渔夫。布田距离府中大约一里二十三丁（约 6.4 千米），现在更普及的名称是调布。据说由于府中和布田很近，每天都有人往返两地。

"这个友藏品性不好，好赌，且经常闹事。此外他还犯了其他事，便被当地渔夫联手赶了出来，现在流窜进府中宿场，也没个正经生意，成天游

---

[1] 布田：今东京都调布市与神奈川县川崎市多摩区的分界处，多摩川两岸沿线的区域。该地区自古以来盛产利用多摩川的水织的布，因而得名。

手好闲。他老婆前几年死了，膝下有阿国和阿三两个女儿。这样一个混账，家里有妙龄闺女，他怎能不利用？所以他就把大女儿阿国卖去了调布的妓院，把幺女阿三送到一家叫喜多屋的粗粮铺里帮人带孩子。"

"是那家喜多屋闹鬼？"我插嘴问。

"不，和喜多屋没关系，听说是友藏家里闹鬼。"

"什么样的鬼？"

"友藏在宿场偏远处有一间小屋子，但他成天不着家，在外头乱晃。大家都传他家会出现一对男女的幽灵……据说女的就是被卖到调布妓院的女儿阿国，男的则是一个江户年轻人。"

"这两人殉情了？"

"没错。两人殉了情，化身幽灵出现在了友藏家。夜里自不必说，听说若是赶上下雨，他们竟然会在白天现身，非常可怕。不过友藏本人倒是毫不在乎，所以对家里到底闹没闹鬼他心里应该有数。不过也难说，或许纯粹只是他胆子大呢？总之客栈女侍一本正经地跟我们说，友藏家闹鬼的事在宿场里无人不知无人不晓。"

"既然化身幽灵显现，想必那对男女对友藏怀恨在心？"

"这恨嘛……唉，是这样的。"

二

　　前年五月，有两个人从江户赶到府中观赏六所神社的闇祭，其中一个是四谷绸缎庄和泉屋的儿子清七，另一个是铺里的伙计几次郎。他们当时住的也是柏屋，但因为祭典几乎持续到凌晨，他们几乎一夜没睡，直到清晨才钻进铺盖睡到下午。如此，他们无法在天黑之前赶回江户，便在八刻（下午二时）过后出了客栈，前往调布过夜。由于两个都是二十二三岁的年轻人，他们没住普通的客栈，转而进了一家叫甲州屋的妓院。

　　友藏的女儿阿国就在这家妓院，当夜正是她服侍的清七，几次郎则找了个叫阿浅的妓女。阿国当时二十岁，是妓院里的红人，她一看便知眼前的江户年轻人是一夜过客，可依旧尽心尽力地服侍。第二天，两人依依不舍地分开了。

江户不乏花天酒地之处，甚至眼前就有个新宿，可清七却忘不了阿国。也不知他是怎么和铺里说的，总之自那以后，他每两个月去一次甲州屋。若走当时的甲州街道，从新宿到下高井户是二里三丁，下高井户到上高井户是十一丁，上高井户到调布是一里二十丁，加起来大概要走四里路（约 15.5 千米）。明知这一路上舟车劳顿，清七还如此坚持不懈地来见自己，阿国也很高兴。如此过了一年多，从江户四谷到甲州街道上的调布毕竟太远，两人就商量起了赎身的问题。

要赎身自然需与亲族说明，于是阿国叫来友藏商讨，友藏则欢天喜地同意了。友藏说，若是江户的客人要为阿国赎身，妓院老板肯定会借机坐地起价，不如由自己去和老板谈判，说是自己想赎回女儿，把价钱压至十五到二十两。他让阿国转告清七，要清七准备二十两左右带过来。

清七听从嘱咐，带着约二十五两金子去府中拜访了友藏，后者诓骗老实的清七，卷走金子不说，还原形毕露地告诉清七，他绝不会因十五二十两的小钱就把女儿交给他，若他想要女儿，就再拿一百两抚养费来。清七争辩说这和约定的不一样，但他哪儿是友藏的对手，最后又挨了一顿打，被赶出来了。

清七不甘心，泪流满面地回到甲州屋，不知与阿国商量了些什么，两人当天夜里就逃出甲州屋，去了多摩川的河滩上。许是怕水浅淹不死，清七用阿国的剃刀刺进她的喉咙，接着又刺进自己的喉咙。即便如此，两人似乎依旧没能立即毙命，鲜血淋漓地相拥倒在浅滩，直到翌日早晨才被人发现。两人虽未留下遗书，但这毫无疑问是相约殉情。

此事发生在去年八月，那时河滩上的芦苇已开出白花。世人自然很快明白是友藏的恶劣行径将这对年轻男女逼入了凄惨的死境，可对方既然是友藏，甲州屋便无法公然谴责。友藏毫不在乎，乐得逍遥，每天依旧游手好闲。自那以后，风评本就不好的友藏更是为当地人所唾弃，甚至出现了阿国和清七的幽灵会现身泄恨的谣言，还有人煞有介事地说友藏白天虽然装得若无其事，其实每晚都被两个浑身是血的幽灵折磨到痛呼不止。

这便是客栈女侍们透露的大概。半七一行也认为友藏混账，可同时也明白，既然阿国和清七是相约殉情，自己在官面上便无法把友藏怎么样，因此没有深究。翌日一早，几人离开客栈，走到宿场边缘时看见昨天的男孩正和两三个朋友在路上玩耍，幸次郎便走过去搭话。

"喂，喂。闹鬼的是哪家宅子？"

"那边。"男孩指着的，是七八栋屋舍前一栋小小的草顶农舍，屋体歪歪斜斜，仿佛一阵强风就能吹塌，屋前还有一棵大槐树。

反正顺路，三人路过此屋时便悄悄瞥眼打量，只见槐树底下拴着一只大鸬鹚，脚上还绑着一张写有"出售"字样的纸条。善八借此凑近喊道：

"喂，这鸟卖吗？"

一个男人正盖着被子躺在昏暗的屋内，但他似乎没睡着，立刻起身答道：

"嗯，卖。"

"怎么卖？"

"三分。"

"太贵了。"

"怎么会太贵？"

男人说着起身出来，只见他年纪四十二三，肤色黝黑，蓄着浓黑的络腮胡，是个长相凶恶的高大男人。他盯着三人打量了一阵，立刻粗野地喊道：

"啧，不买就别问。知道那是什么鸟吗？是鸬鹚。野鸬鹚！不是你们这些人买的东西。"

"我们知道是鸬鹚才问的价钱。"善八回答。

"所以让你们不买就别问。江户人买鸬鹚带回去做什么？难道江户现在流行炖鸬鹚？大清早的就知道折腾人。滚，快滚。"他瞪眼怒吼道。

"哎呀，对不住。"半七插嘴道，"您说得对，我们买了鸬鹚回去也当不了土产，确实就是随口问问。您说我们光看不买，我们也没法反驳。不过，这鸬鹚是从哪儿抓的？"

"四五天前它自己不知打哪儿飞来的。估计

是要回神社那边的森林里去，迷路跑到这儿来了。森林里的鸟抓了会惹事，那自己送上门的我总能抓吧？这畜生在野鸬鹚里也算性子烈的，不小心挨近了被啄伤可别怨我。我一个熟手都给它弄伤了。"

说完，他径直走进了屋子。见男人不再理会自己，半七打了个招呼便走了。

"那家伙就是友藏？确实不讨人喜欢。"幸次郎边走边说。

"都怪阿善没事瞎问价，搞得我还得给那种家伙道歉。"半七笑着说。

"虽然不知道他家是否真的闹鬼，但鬼要真去了他家也怪倒霉的，那家伙搞不好还会要鬼给他捶背烧饭呢。"

那日午后，三人回到江户，在新宿吃了顿迟来的午饭后休息一阵，便穿过大木门来到四谷街上，大约走到盐町中央的时候，幸次郎忽然拽了拽半七的袖子。

"喂，头儿。那家铺子就是和泉屋。"

半七看到眼前有一栋屋舍的门帘上写着"和泉屋"铺号的绸缎庄，心想，他们碰上这么一个恶棍，连铺上的少东家也殉了情，着实令人扼腕。半七悄悄打量，铺子宽约四间（约7米），里头有好几个伙计在忙活，应该是这一带有名的老字号。这么大的一家铺子，儿子怎么也犯不着为了二三十两金子而舍了命。想到这里，半七心里更感到同情。

"或许这里头有别的内情？"半七又想。

三

今年的赏花季节难得天公作美，一连几天都是好天气，没有煞风景的狂风暴雨，但进了四月便是阴天居多，还下了三四天的连阴雨，甚至倒了几天春寒。可一到五月的端午节，初三到初七的五天里，阳光有了初夏的势头，将被雨润湿的江户照得闪闪发亮。

半七因忙于其他公务，忘了府中五月初会举办祭典一事。六所明神的祭典每年按惯例在初三开幕，在初六清晨闭幕。这段日子天一直放晴，可以想见祭典上一定挤满了八方来客。

初八下午，半七去下谷办完事回家，发现幸次郎带了一位客人正等着自己。

"头儿，天又开始阴了。"

"嗯。好天气总也不长久，真伤脑筋。老天爷又要哭鼻子喽。"

说着，半七不经意抬眼一看，发现眼前也坐着一个好似马上要哭鼻子的人。男人四十来岁，身形消瘦，看起来像是某家铺子的掌柜。幸次郎立刻向半七介绍道：

"这位是四谷坂町的酒铺伊豆屋的掌柜。他说有事想求头儿，我就带他一起来了。"

说完，那个男人也报上了姓名身份，说自己是伊豆屋掌柜治兵卫。半七照着礼数与对方寒暄过后，便问他找自己有什么事。治兵卫沉默半晌，接着开口说道：

"事情梗概已和幸次郎小哥说过，其实我的铺子上出了件麻烦事……"

半七心里清楚，既然对方专程来找自己帮忙，定是出了案子。于是，半七为了引出对方的话，爽快答道：

"啊，原来是这样。究竟是什么麻烦事？"

"其实是五天前的事了。您也知道，那天府中有六所明神的祭典，我们也想见识一下有名的闇祭，因此夫人、少爷、我，还有铺里的年轻伙计孙太郎等四人在六刻半（早上七时）出了铺子。老板娘坐轿子，我们几个男人徒步。这时节日头长，我们途中休息了几次，一路走走停停到达府中宿场时，天色已经暗下来了。我们是头一回参加这个祭典，那里比我们之前听说的热闹多了，对当地不熟悉的人根本不知道该怎么办。最后，我们好歹在一家叫'釜屋'的客栈里住了下来。客栈里挤得水泄不通，我们本觉得为难，可听说当晚任何一家客栈都是这光景，也就只好将就下去。"

"我今年三月也曾在府中留宿，但当时是淡季，倒是冷清得很。"半七笑着说，"不过客栈的女侍们也说过，祭典的时候忙得不得了。"

"可不是嘛。"治兵卫叹了口气，"巴掌大的客栈里住了百十号人，一间房里硬塞进十五二十个客人，客人连坐都坐不下来，连晚餐都要各自去厨房领回来吃，吵得跟火场似的。夫人见了这光景也感到后悔，说早知如此就不该来。可来都来了，今天也回不去，只好缩着成一团忍着。大约四刻过后（晚间十时），只听有人四处喊说有神轿从外头经过，要熄灯。接着，屋里屋外的灯一下子全灭了，四下一片黑暗。

"不仅如此，人们还摸着黑争先恐后地跑到门外看热闹，结果什么都看不见，只听见黑暗中传来神轿上的金属装饰当啷作响的声音，还有轿夫窸窸窣窣的脚步声。听说神轿到达上町的御旅所后，就会在一片黑暗中开始配膳仪式……这期间，里里外外都是一片漆黑。半夜八刻（凌晨二时）左右，仪式终于结束，灯火又哗啦一下全给点上，町内忽然亮堂起来。您别怪我啰唆，那之前真是两眼一抹黑，根本看不见身边有谁，结果等灯火一亮，大伙发现夫人不见了。少爷、孙太郎和我心急如焚，急忙拨开人群在附近来回寻找，可怎么也找不着。

"当时是半夜，而且非常拥挤，我们没有办法，觉得待到天亮，夫人或许会自行现身，于是我们一宿没合眼，一直等到天亮，结果还是没有发现夫人的踪影。待到日头高悬，其他客人陆续离开，只剩我们几个走不了。我们请客栈的人帮忙，把能找的地方都找了一遍，结果依旧杳无音信。不得已，我们又在府中宿了一晚，可夫人依旧没回来。我们心下明白，铺上肯定也在担心我们，于是三个人商量了一下，决定只留孙太郎在府中候着，少爷和我则乘快轿回了江户。

"东家听了来龙去脉后也大吃一惊，急忙叫来各路亲戚，昨晚一直商量到半夜，可大家也只能干着急，想不出什么好法子来。我听说町中木屐铺的老板和幸次郎小哥很熟，所以……"

"所以就来找我帮忙了……"幸次郎接过话头说道，"但我也不能擅自做主，更何况要办这事还得大老远跑出江户去，所以就对他说还是来找头儿商量为好，于是就和他一起来了。怎么样，您有办法吗？掌柜可真的急坏了……"

"若是年轻伙计还情有可原，可有我这个老东西跟着，竟还弄丢了夫人，我真是无颜面对东家，也无颜面对世间。如果是武家人，我这会儿非切腹无法谢罪。头儿，请您谅解。"

治兵卫一个四十岁的大男人，这会儿竟噙着泪恳求半七，再加上幸次郎在一旁说情，半七没法拒绝。

"好吧。虽然不知道能不能解决，可既然您来求我，我就想想办法。"半七答应道，"喂，阿幸。我们今年春天去府中的那一趟，或许也是冥冥中自有因缘。"

"确实如此。"幸次郎也点点头，"头儿，您这会儿有什么要问掌柜的吗？"

"那自然很多。我也不废话，请问贵铺夫人几岁，是个什么样的人？"

"夫人名唤八重，十八岁嫁到伊豆屋，第二年生了少爷长三郎。长三郎今年满二十，因此夫人今年三十八岁，相貌不错，看着比实际年龄年轻。"

治兵卫说伊豆屋是四谷坂町的老字号，已传了五代，有许多武家老主顾，也有不少地产和租屋，相当殷实。铺主长四郎今年四十三岁，除长子长三郎外，另有十七岁次子四万吉和十四岁幺女阿初。铺里的下人除了掌柜，还有三个年轻伙计，两个学徒和两个女佣，因此宅中上下总共十三口人。

"你家铺子和盐町那家叫和泉屋的绸缎庄有来往吗？"半七突然问。

"有的。虽然不是亲戚关系，但自上代东家时就有交情。"

"和泉屋的儿子那桩事，真是飞来横祸啊。"

"谁说不是呢……关于那事，听说和泉屋为接回儿子的尸体花了不少钱，我们也很同情。正因发生过那样的事，此次说要去府中的时候，东家也曾犹豫过一阵。其实我也不怎么想去，可夫人执意要一睹为快，最终还是去了，谁想到又发生了这样的事……当时就应该阻止的，事到如今才觉得后悔。"

"我听说，当时还有个伙计陪着和泉屋少爷一起去府中？"半七问。

"对，叫几次郎。"治兵卫回答，"这人很风流，就是因为他带少爷进了调布的妓院才会出那样的事，他也觉得很对不起老板。但几次郎不是普通的伙计，而是老板的远房亲戚，所以至今还在铺子里干活。"

"几次郎几岁了？"

"没记错的话，应该二十三了。但如我刚才所说，他生性风流，其实不适合当正经绸缎庄的伙计，听说他还去附近的常磐津师傅那儿学艺。"

"那个几次郎去过你们铺上吗？"

"时不时会来。"

治兵卫又回答了两三个问题后便回去了，临走之际还再三恳求半七务必多加费心。

四

"头儿，怎么样？您大致摸清状况了吗？"幸次郎问。

"哪有那么简单。"半七笑了，"首先得弄清楚，去年的殉情事件和此次事件到底是完全无关，还是暗中有纠葛。"

"会不会是友藏那厮又干了什么坏事？"

"这我也考虑过，可若是个年轻姑娘还说得过去，他总不可能拐骗一个快四十的已婚妇女吧？当时虽然一片漆黑，但周围人数众多，她若被拐应该能发出些尖叫，总不可能被友藏一把扛走。我要再想一想，你和阿善先分头打探一下伊豆屋与和泉屋的内幕。"

"这样看来，我们春天去府中的那一趟，倒也不算白跑。"

"嗯。福兮祸兮不知从何而起。只是突然摊上了这种事，也没个头绪。"

送走幸次郎后，半七又思索了一阵。光听伊豆屋掌柜的话无法了解案件全貌，掌柜也不可能泄露铺主一家的秘密，因此伊豆屋与和泉屋之间除了那事以外，难保没有其他秘密。当下只能先等幸次郎和善八做出报告，再据此下判断，可半七素来习惯先根据已知情报推敲一番，不管能不能猜中，总归先猜想一番，不然他心里老是不踏实。

天空阴云密布，似乎从早上起就酝酿着想要下雨。外头传来菜苗贩子的叫卖声，没过多久这动静便渐渐停歇了，取而代之的是冷冷的雨声。半七听着雨声，打盹似的闭了一阵眼，最终带着汗巾打着雨伞去了町内的澡堂。

雨势越来越大，临近傍晚，天色也愈来愈暗。半七从澡堂回来，脸上透着几分不耐烦，因为在两个小卒回来之前，自己什么决断也做不了。

第二天仍旧下雨，近来算是真正进入了今年

的梅雨时节。这天临近黄昏时，善八先回来了。

"终于入梅了。昨晚幸次郎来通知，今早我就出去打听了。"

"你负责哪边？"半七迫不及待地问。

"盐町的绸缎庄和泉屋。先说我目前打听到的情况吧。"善八说，"一看铺面规模就知道他家是当地老字号，而且听说家底十分殷实。老板久兵卫五十岁上下，老板娘阿大是填房，三十五六岁。原配和填房都没孩子，所以就收了老板的侄子清七做养子，养到二十二岁，清七就在调布和阿国殉情了。"

"原来清七是养子。"

"听说原本是个老实巴交的人，从府中回来时去妓院玩了一晚，结果就上了瘾，酿成这等惨事，邻居们都很同情。还有那个伙计几次郎，对外说是老板的远亲，其实好像是掌柜的儿子。这里面也有点内情……"

大概二十年前，和泉屋的掌柜勇藏入狱，据说原因是给不知是纪州家还是尾张家送的货里有不正之物。掌柜未等调查结束就死在了牢里，但也有人说实际上是他揽下了老板的所有罪过。老板则佯装不知情，让掌柜顶了罪，揭过此事。几次郎就是那个忠义掌柜勇藏的儿子。他当时只有两三岁，母亲阿蓑带着他投靠了甲州的亲戚。和泉屋自然也给了娘俩丰厚的抚慰金。

等几次郎长到八九岁上，大概是先前有过约定，他来到江户，进了昔日的东家和泉屋做工。和泉屋对外宣称他是老板远亲，老板对他也是爱护有加。和泉屋没有子嗣，所以有人在传，老板或许有意收几次郎为养子，以报答掌柜的忠义，可没想到老板最终收养了当年十三岁的侄子清七。几次郎依旧在店里做伙计，但却一点不像正经商人，喜欢去练琴，偶尔还去新宿的妓院里玩乐。但和泉屋老板对此皆睁一只眼闭一只眼，大概是还记着他亡父的忠义。知晓这桩旧事的人都说，老板虽然没认他做养子，但之后约莫也会分铺号给他，让他自立门户成为铺主。

"原来如此，没想到几次郎身上还有这样的故事。"半七点头道，"几次郎依旧在铺上干活？"

"今天也坐在铺里呢。"说着，善八压低声音道，"不过，最近和泉屋附近有人传言，和泉屋的老板娘自端午那晚就不在家。当然，和泉屋一直压着风声，听说是铺上的学徒外出办事时不慎说溜了嘴……"

"和泉屋的老板娘也不在家？"半七警觉地说，"端午那晚就是府中闇祭那晚。同一个晚上，伊豆屋的老板娘在府中消失，和泉屋的老板娘则在江户失踪，就算两人相熟，总不可能两个女人相约私奔吧？这事奇怪了。"

两位老板娘同时消失，半七一时难以判断是单纯的偶然还是背后有某种关联。善八也一言不发地陷入沉思。

"啊啊，下雨了，下雨了。"

门口传来一阵脚步声，只见幸次郎嘴里念叨着，钻进了屋里。

"怎么样？有没有挖出什么线索？"幸次郎问善八。

"嗯，大致弄清楚了。"半七接过话头回答，"首先，和泉屋的老板娘也在阖祭那晚失踪了。"

"哦？"幸次郎惊讶地瞪大了眼睛，"那可有意思了。头儿，我和善八不同，没打听到什么有意思的消息，伊豆屋的情况和掌柜说的大体一致。我在附近打听了一下，据说伊豆屋的老板是个老好人，店里店外都靠老板娘八重一个人打点，说白了就是个妻管严。明明儿子女儿都那么大了，八重还经常打扮得花枝招展地去庙里烧香，在那一带很有名。"

"有没有她私会情人的风声？"半七问。

"我也觉得这种女人或许会做些不齿之事，所以也仔细打探了一番，但似乎没传出那样的风声，可能她藏得深。"

"那有没有听说她跟和泉屋的伙计几次郎有染？"

"没有。难道你们打听到了？"

"没有。就是随口一问。"

说着，半七又陷入沉思。这时，妻子阿仙带

着女佣送来了一大盘寿司，说是别人送的礼。由于职业关系，半七经常收到这类礼品，于是便让女佣泡茶，与两个小卒吃起了寿司。这时，身旁的妻子阿仙聊起了一件事。

"我刚刚从澡堂回来，路过警备所时，看见下雨天那儿却围着一群人，就寻思着发生了什么事。过去一瞅，发现是邻町信吉他阿娘冲进了警备所，正哇哇大哭呢。"

信吉是落语家信生的弟子，住在邻町后巷里，年龄二十四五岁，相貌不错，但技艺尚待磨炼，因此未能登上江户中心的上好讲坛，而是在郊区或附近町村巡回表演，和母亲阿性一起住。他好歹是个艺人，又住得近，所以半七也认识信吉母子。

"信吉他阿娘为什么哭？"

"这事啊，其实挺玄乎，可他阿娘就是拼命哭。信吉自上月起就去甲州街道挣钱，本来月底就该回江户，可到现在也没音信。他阿娘每天担心得不行，前天晚上做了个奇怪的梦。"

"什么奇怪的梦……"

"梦里她正坐在火盆前，信吉恍恍惚惚地从外头进来，一声不吭地跪在了她面前。她就问：'哎，你回来啦？'他也不答话。她又问：'为什么低着头不说话？'结果信吉低声说：'我怕您看见我的脸会吓着。'她就说：'谁看了你的脸还会吓着？远游归来，头一件事就是让父母瞧瞧你平安无事的样子，快抬起头来。'于是信吉就抬起了头……"

说到这，阿仙不禁倒吸一口气。幸次郎则笑着说：

"倒变成鬼故事了。"

"就是鬼故事呀。"阿仙皱眉道，"等信吉抬起头一看，满脸都是血……说是像在砂石上磨过，整张脸都划花了。他阿娘也吓了一跳，'呀'的尖叫一声，就醒了……她很担心，这万一是托梦，那儿子会不会发生了什么意外？结果她昨天又梦见儿子一脸血迹……她就更担心了。可没想到，昨天掌灯时分，她从澡堂回来，竟发现信吉垂头丧气地坐在昏暗的家中。他回头一看阿娘，脸上依旧全是血，惊得阿娘连声音都发不出来，可一转头，信吉竟然不见了……这可就不得了了，他阿娘觉得，自己的儿子定是在什么地方死于非命了，于是疯疯癫癫地冲进警备所哭诉。可警备所也没办法呀，只能说什么'你是担心过度才做了这种梦''梦里的事都是反的'之类老掉牙的话安慰她。可她还是哭闹不止，说自己娘儿俩孤儿寡母，要是儿子有什么闪失，自己也活不下去。这时她的房东来了，劝解了几句就把她强行拉回了家。想想她也怪可怜的，不知道信吉究竟出了什么事。"

三人坐在桌前面面相觑。外头的暗雨一刻不停地下着。

"还真是个鬼故事。"善八喝着冷掉的茶说，"但应该就和警备所的人说的一样，他阿娘是因为担心过度才会梦见儿子，甚至产生看见儿子的幻觉吧。信吉这个浑蛋，一点也不体恤老母，保不准在附近乡下巡回表演赚了点钱，这会正在哪个宿场里花天酒地呢。这个不孝子。"

"喂，阿仙，帮我拿伞。"

半七站起来，重新系好了腰带。

"你要去哪儿？"

"去见见信吉他阿娘。"

"头儿，你还把鬼故事当真啦？"幸次郎抬头望向半七。

"当真也好不当真也好，总之想到了些事。你们在这儿等我回来。"

于是，半七冒着下个不停的雨去了邻町。

五

翌日一早，半七先去八丁堀同心的宅邸报明事情原委，表示自己将离开江户四五日，然后在午前四刻（上午十时）左右出发前往府中，幸次郎和善八同去。

今日依旧淅淅沥沥地下着雨，所幸雨势不大。这回和上次去小金井不同，三人都穿上了雨具，蓑笠、旅行蓑衣、绑腿、草鞋全副武装，半七还在怀中藏了一根捕棍。这回取道也与上次不同，一行人径直沿着甲州街道从上高井户依次经过乌山、金子、下布田、上布田、下石原、上石原、车返、染屋，七刻半（下午五时）过后才抵达府中宿场。

三人依旧住在柏屋，这里的客栈下人还记得他们。脱下淋湿的草鞋后，下人恭恭敬敬地将他们领上了二楼房间。祭典已过，又兼秋雨冷冷，光景惨淡，柏屋的二楼因此空空荡荡。

这回和上次不同，一行人并不是来游山的。泡完澡，吃完晚饭之后，半七把客栈老板叫上二楼，亮明了自己的身份。

"你们这还有一家叫'釜屋'的客栈同行吧？"

"是。出了小店再往前走五六家便是。"

"帮我把釜屋的老板叫来，我想找他打听些事。"

"好，好。"

客栈老板立刻应承，很快就把釜屋老板文右卫门喊了过来。文右卫门今年四十五六岁，看着很老实。他心知自己被江户的捕吏传唤，战战兢兢地打了招呼。

"小的就是釜屋的文右卫门，请问几位差爷有何贵干？"

"咱们开门见山，听说初五闍祭那晚，你店里有一位女客失踪，到今天已有五日，仍旧没有消息？"

"失踪的是四谷坂町伊豆屋的老板娘，我们也很担心，但至今没有什么消息，实在很为难。当夜的住客有一百四五十人，一楼二楼都非常拥挤，老板娘又是在灯火熄灭、店里一片漆黑的时候消失不见的，我们实在不清楚发生了什么。"文右卫门辩解道。

"祭典之前，你家客栈有年轻艺人入住吗？"

"有。有一位叫信吉的江户落语家入住。"

"什么时候入住的？"

"这位客官自上月起就在这一带巡回演出，曾在这府中宿场一家叫东屋的茶馆兼小客栈二楼表演过三个晚上。之后，剧团其他五人往八王子方向去，只有这位信吉公子身体不适，独自留了下来，自上月晦日起便住在小店二楼，直到闇祭当天午后才结账追赶剧团去了。"

"这宿场中有个叫友藏的无赖，他现下如何？"半七又问。

"友藏可好着呢。差不多也是上月底，他说要去江户玩两三日，现在已回来了，今天还路过小店门前。兴许是赢了钱，他还说自己去妓院花天

132

酒地大闹了一番。"

"想是他的鸬鹚终于卖掉了。"半七笑道。

"不，还没卖掉。那鸬鹚还在他家门前，挂着'出售'牌子呢。"文右卫门一本正经地回答道。

"那，伊豆屋的那个年轻伙计如何了？"

"昨天还留在小店，可左等右等等不到线索，便说要回一趟江户，今早就出发了。"

"看来错过了。"

釜屋老板回去后，半七悄悄对善八说：

"你知道友藏家吧？偷偷过去瞧瞧他今夜在不在家。"

"遵命。"

善八立刻出门。

"要抓友藏那家伙？"幸次郎问。

"那家伙很可疑。我们杀他个措手不及，冲进去看看。上月底去江户也好，大手大脚花钱也好，里头肯定有文章。"

不久，善八回来了。

"友藏在家里吃酒呢。"

"他家来朋友了？"

"这个嘛，他让一个半老徐娘给他倒酒呢。那女人头发衣裳都乱糟糟的，稍微有些姿色。他心情好得不得了，还哼着歌。"

"那个女人就是在他家作祟的'幽灵'吧？"幸次郎说。

"脸色是挺苍白，但肯定不是幽灵，再说她也不是友藏女儿那个年龄啊。"

"好。"半七点头，"虽然我们三个人逮他一个有些不地道，但来都来了，还是一起上吧。我就这身打扮，穿着客栈的木屐过去。但他若是反抗就不好办了，所以你们拾掇拾掇再过去。"

三人走出客栈时已是五刻（晚上八时）过后，町家稀稀落落的昏暗灯火在雨中沉寂着。宿场里有三四家妓院。有个年轻男子没有打伞，从一家叫吉野屋的妓院里出来，不久又追出来一个光脚的年轻女人，似乎是今夜侍奉他的妓女。

"信公子，您等一等。"

"我不管，不管！"

男子挥开她就要走，女子则想拉他回去，两人在雨中争吵不休。这是常见的花楼夜景，半七并不觉得稀奇，但那一声"信公子"让他蓦然回头，竟发现那男子正是信吉。

"喂，信吉，这里虽然离江户很远，但在路上拉拉扯扯未免太不像话。"

突然有人搭话，信吉便转过身，借着一旁门里漏出的灯光，臭着脸看清半七的脸后，吓得立刻拔腿就跑，可惜右手已被半七紧紧抓住。事到如今，他已插翅难逃，只能一声不吭地被半七拉到了两三户人家之外的阴暗处。

"我说信吉，你胆子不小哇。坂町伊豆屋的老板娘被你拐到哪里去了？快说！你跟伊豆屋老板娘串通好，自己先在釜屋等候，再趁着闇祭一片漆黑时带着老板娘逃了吧？我可都知道了，没说错吧？"

信吉默不作声。

"你把伊豆屋老板娘藏哪儿了？她一个三十八岁的老太婆，总不可能被卖到妓院去。你把她藏哪儿了？"

信吉依旧不作声。他一把推开半七想要逃走，却被人从背后用力一顶，一下子像条比目鱼一样在大路中间摔了个狗啃泥。

"要绑他吗？"幸次郎揪着信吉的衣襟问。

"绑。带到柏屋去，别让他跑了。"

半七把被捕的信吉交给幸次郎，自己则和善八前往友藏家。虽然四下昏暗，两人还是躲到魁梧的大槐树后，窥伺屋里的情况。屋里传出女人低低的啜泣声。屋前的纸滑门破破烂烂，半七透过缝隙往里看，昏暗的座灯下有一个女人全身赤裸，被细麻绳绑着躺在地上。女人将白皙的脸压在破破烂烂的草垫上哭泣，友藏则在一旁边就着茶碗喝酒，边饶有兴致地看着她。

"刚才帮友藏斟酒的就是那个女人……不是幽灵吧？"善八小声说。

"嗯。你去敲门。"半七指示道。

"打扰了，晚上好……"

善八一敲门，友藏就放下茶碗，瞪着门口

回答：

"谁啊？这都什么时辰了……"

"是我。我来买上次那只鸬鹚。"半七说。

"什么？买鸬鹚……"

"我带了一百两来买鸬鹚。"

"开什么玩笑！"

友藏嘴上虽这么说，但或许是放不下心，他大摇大摆地走过来开门。滑门从里外被同时拉开，善八立刻跳了进去，但因对方有所防范而没能立刻将其制伏。友藏和信吉不同，身材壮实魁梧，于是两人扭打着摔下了门口的泥地。友藏一把推开善八想往外逃，结果被守一旁的半七冷不丁地猛抢了一巴掌，惊得他顿时怔愣在原地，此时胸口再挨一拳，友藏被砸得连连后退摔在了地上。善八压着他给他绑上了捕绳。

"你们凭什么绑我！"友藏咆哮道。

"吵死了，安静点。我是从江户过来办差的。"半七说。

友藏看着眼前的捕棍，不得不放弃抵抗。

六

"故事到这里就结束了。"半七老人笑道，"之后的事就任君想象喽。"

"这事太过复杂，乱作一团，我怎么可能轻易想象出来。"我也笑着说。

"那你觉得倒在友藏家的那个女人，是伊豆屋的老板娘还是和泉屋的老板娘？"

半七老人一问，我答不上来，可又不甘心一直沉默，便随口说了一个。

"应该是和泉屋的老板娘。"

"哦？"老人望着我说，"怎么猜出来的？"

我又答不上来。

"我也说不上来……就隐约觉得应该是和泉屋的老板娘。"

"这种感觉是很重要的。"老人一本正经地说，

"如今这明治时代，警察办案的手法已焕然一新，探案手段也更为先进。但过去查案时，我们心里都会先形成一个想法，觉得这案子大概是怎样的，犯人应该是谁。这种直觉非常有帮助，时不时也会遇到一件事查到最后，却发现心里最初的推断竟然就是真相的状况……没错，我坐在家里，闭着眼睛，抱着双臂冥思苦想，通常就把真相琢磨个八九不离十了。你猜得没错，那女人就是绸缎庄的老板娘阿大。"

"阿大是主动离家去府中的？"

"是的。我一开始就觉得和泉屋的伙计——那个叫几次郎的家伙很可疑。果然不出所料，歹人就是他。刚才说过，他父亲勇藏为雇主顶罪，死在了狱中。因他父亲忠义，和泉屋一直对他青睐有加。和泉屋没有嗣子，他也认为自己以后会被收为养子，因而内心甚是期待，没承想老板却从亲族中选定了清七当养子，几次郎的期待就此落空。这就是一切的开端。几次郎自暴自弃，开始不务正业。可即便如此，和泉屋老板还是对他颇为宽容。他便愈发嚣张，竟开始图谋霸占和泉屋。这种情况下，如果是你，你会怎么做？"

"这……应该会先设法赶走养子清七吧？"

"大家都会这么想，实际也确实只有这一种办法。和泉屋的老板娘是填房，和丈夫久兵卫年龄悬殊。几次郎与阿大发生了关系，而这对几次郎来说是意外之喜，于是花言巧语哄老板娘开心，暗中使计企图赶走清七。不巧清七心眼实诚，挑不出什么毛病。到了前年五月，几次郎带清七去府中看闇祭，回程时带他去了调布的甲州屋。几次郎本来计划让清七尝尝情色的滋味，让他一步步堕落，再以此将他逐出和泉屋。结果甲州屋一夜，阿国对恩客清七一见倾心，清七也为阿国神魂颠倒。几次郎奸计得逞，便联合阿大一齐在久兵卫耳旁吹风。久兵卫虽然不傻，但也免不了受到影响，对清七愈发不信任。可清七没能及时醒悟，反而偷了二十五两金子去给阿国赎身，当然，这背后定然也有几次郎的唆使。

"然而造化弄人，阿国偏生有友藏这么个无赖父亲。友藏只觉得到手了一只肥美的鸭子，骗走二十五两不说，还故意找碴儿赶走清七。骨子里老实巴交的清七心里怎么也咽不下这口气。此外，他自己也清楚最近惹了养父养母不高兴，隐约明白自己一个不小心，可能真会被断绝关系。这二十五两是他做假账昧下来的，一旦败露，自己的地位可就真的难保了。阿国同情清七，抑或也想借机报复自己那狠心的父亲，最终决定与清七殉情。几次郎奸计得逞，不由拍手欢呼。"

"这么说来，这两位的鬼魂也该去几次郎那里显显灵。"

"友藏虽然坏，但几次郎比他坏一倍。你说得对，两人的鬼魂也该去几次郎那儿闹闹，但他们估计不知道几次郎的阴谋吧。之后，老板娘阿大在内部牵线，劝说丈夫收几次郎为养子，继承和泉屋，可老板迟迟不肯应允，因为他平时虽然对几次郎颇为宽容，但心里明白他是个爱玩的。老板担心几次郎成为继承人会步清七的后尘。因为这层顾虑，老板心里也很为难。

"过了半年多，阿大告诉几次郎，丈夫似乎隐约察觉了两人的关系，要几次郎干脆带自己逃走。几次郎如何肯答应？只安慰阿大再忍耐一阵，可阿大不肯。然而在几次郎眼里，自己与老板娘私通只是为了成为养子，霸占和泉屋的家业，现下好不容易只差临门一脚，他不可能抛弃愿望与一个老女人私奔。然而几次郎架不住阿大频频施压，他找不到搪塞的借口，便又筹谋起了奸计，而与他合谋的正是那个友藏。"

"几次郎认识友藏？"

"前一年发生殉情一事时，友藏曾冲到和泉屋去，绝口不提自己霸占了二十五两的事，只嚷嚷着自己的女儿因为商铺的少爷而惨死，要讨说法。那时候几次郎居中调停，给了友藏三十两把他打发走，并就此认识了友藏。几次郎清楚友藏不是个好东西，只要有钱什么都愿意干，于是这次就拉他入了伙。

"四月末，他把友藏叫来一起筹谋，也开始假意与阿大商量私奔的事。他说自己自幼生活在甲府，自己的母亲在那儿，身体康健，要阿大暂时藏在那里。他让阿大偷出二百两金子，只让阿大收着其中一成，也就是二十两，自己收着剩下的一百八十两，接着对阿大虚情假意地说，两人同时消失容易让人察觉，要阿大先去府中宿场的友藏家等待，自己随后就去与她会合。闇祭那天江户周边的人都涌去观礼，正方便行事，于是几次郎就这么偷偷送阿大出门了。

"阿大上当受骗去了府中，找到友藏家等待几次郎，可几次郎迟迟不现身，第二天仍不见踪影。这是当然的，因为几次郎打一开始就没想和她私奔。他早已和友藏串通好，说自己会让这女人带上二十两金子，友藏可以全部卷走，女人也随他处置，实在不是个东西。

"不知情的阿大去了友藏家后，友藏便暴露了本性。可阿大是出奔之人，被友藏抓住了把柄，无法反抗。怀里的二十两被抢不说，自己也沦为友藏的玩物。友藏知道若这女人逃走会有麻烦，就用细麻绳将她绑住，没事时就塞进衣柜里。阿大虽然三十四五岁，但容貌尚佳，友藏打算肆意玩弄一番后就找家乡下妓院把她卖了。阿大后来供述称，自己虽然受尽凌辱，心里却依旧指望几次郎会来，于是一直哭哭啼啼地忍着，看来着实被骗得不轻。

"几次郎真不是个东西，用几句花言巧语甩掉了阿大，自己私吞了一百八十两金子，竟还能若无其事地继续留在和泉屋。和他那个忠义两全的老父亲相比，这儿子真是个恶棍。"

"这人太可怕了。"我叹息道，"那信吉是怎么回事？"

"这也是个混账东西，和几次郎是一丘之貉。"老人感叹道，"之前说过，酒铺伊豆屋的老板娘八重虽然已有三个孩子，却还是花枝招展地招摇过市，我认为她背地里肯定和人有首尾，果然不出所料，查出她和落语家信吉有染，在江户四处幽会。但她似乎藏得很好，邻居们都不知情。这一对也是女方比较年长，且对男女之事越陷越深。虽然丈夫是个老好人，可她毕竟是有夫之妇，无法随心所欲地与信吉私会，于是也开始盘算私奔，去向也正好与和泉屋老板娘不谋而合。

"事情的走向你大概明白了吧？信吉到府中一带巡回挣钱时，八重便按事前合计好的，以观赏闇祭为借口，带着儿子、掌柜和伙计大摇大摆地出了家门，接着住进信吉所在的釜屋，两人趁闇祭熄灯时携手出奔。事情进展顺利，他们当晚便平安地逃到了下一个落脚处日野。信吉为了瞒过世人，当天午后先出了一趟釜屋，天黑后又折回来。府中和日野虽然只相距一里二十七丁（约7千米），但他带着一个脚程差的女人，又是走夜路，根本走不快。两人直到夜里八刻（凌晨二时）过后才到日野，拍门叫醒熟睡的客栈小二住了进去。

"八重昼夜兼程赶了一天路，甚是疲累，第二天睡到日上三竿才醒，可睁眼一瞧，发现信吉不见了。八重从家里带出了一百五十两金子交给信吉，信吉则拿着钱消失了。"

"原来如此，和几次郎唱的是同一出。"

"对，对。八重这才反应过来自己被抛弃了，可她也无计可施。她用荷包里的零钱付清房钱，但她与人私奔，江户算是回不去了。许是受骗的不甘和身不知何往的悲戚齐上心头，她一下子想不开，决定一死了之。之后的两三天，也不知她游荡去了哪些地方，总之她的遗体顺着河水被冲到了调布的河滩上。"

"是投河自尽了？"

"应该是在多摩川边找了一处水深的地方，投河了吧。另一方面，信吉抛弃八重后又回到府中，藏身妓院吉野屋，因为他先前就已迷上一个叫阿鹤的妓女。怀里揣着从八重那儿骗来的钱，手边搂着自己喜欢的女人，信吉可谓好不快活。接着就是老套桥段，他和情人拌嘴，赌气要走，不顾下雨冲了出来，结果正好撞上我，立刻被我逮住了。人在做天在看啊。"

"说到这个，伊豆屋的阿大也好，和泉屋的八重也好，两人都红杏出墙，也都下场凄惨，甚至二者都发生在府中的客栈里，又都凑到了闇祭当晚，仿佛冥冥之中自有注定，真叫人不可思议。"

"这么说来，信吉他阿娘做的那个梦……梦见信吉满脸是血的那件事，是虚惊一场？"

"谁知道呢，这事也不能说全无古怪。"老人思忖道，"刚也说了，信吉不仅没死，还活蹦乱跳地喝酒开怀呢。倒是八重的脸皮开肉绽。不知道她是在哪儿投的河，尸体的脸上全是伤口。我猜是她投河之后水势因下雨而变猛，尸体在顺流而下的途中被泥沙严重磨损。正好和信吉他阿娘梦里一样。如此看来，她的梦也不算全然不着边际，说不定是八重的魂魄借信吉的姿态出现了呢？要不就是巧合吧。这种事就得问玄学者喽。还有一件奇怪的事，友藏卖的那只野鸬鹚当晚就不见了，不过这也算不上稀奇，估计是趁乱挣开绳子，飞回神社旁的那片森林里去了吧。"

"那涉案者都受了什么刑罚？"

"若照现在的刑罚来判，可能所有人的罪责都不大。但在当时，他们个个都是重罪。先从伊豆屋那边说起。八重已死，自然无法追责。信吉死罪，可没等行刑就死在了牢里。和泉屋的几次郎不仅与主母私通，还谋划了不少恶事，因此被判处斩首。老板娘阿大也是死罪。友藏数罪并罚，也被判死罪。即使在江户时代，一次性判了这么多死罪也算是个大事件了。

"和泉屋之前出过清七的事，这次又有两人被判死罪，坊间就盛传他们宅中有老板娘和伙计的幽灵徘徊。最终，和泉屋撑不下去，好好一家老字号就这样被迫撤离江户，不知流落到了哪里。伊豆屋虽然继续做着生意，但明治维新后也不知去了何方。"

话说到这里，老人侧耳倾听。

"哎？雨声……看来你明天的小金井之行，难喽。"

隔日便是星期天，仍是烟雨朦胧，我的小金井之行就此流产。第二年五月中旬，我忽地想起半七老人一年前说的故事，便乘兴在某个晴朗的星期天早晨去了小金井。堤岸上的樱花早已谢了，绿叶葱葱。返回的路上，我绕道去了府中，在郊外见到一个卖鸬鹚的男人。我心想，那时的友藏大抵也是如此模样吧，便走过去问他鸬鹚怎么卖。男人没好气地回答：

"十五日元……你问着玩儿的吧？"

这样一说更像友藏了，我赶紧落荒而逃。

04

白
蝶
怪

一

文化九年（1812）——壬申年正月十八日夜晚四刻（晚十一时）过后，两名女子沿着江户小石川目白坂匆匆前行，经过右手边的目白不动堂 [1]，来到关口驹井町 [2]。

接着，她们经过驹井町，来到音羽大街上。音羽七丁目和八丁目后面便是江户城御贿组 [3] 的集体住居。他们虽然地位较低，但都十分富裕。眼下来此的两个姑娘是御贿组瓜生长八的女儿阿

---

[1] 目白不动堂：江户时期位于目白坂侧新长谷寺内，为江户五色不动之一。后因新长谷寺于二战中被毁后废寺，目白不动尊像便被送往丰岛区高田的金乘院安置，至今仍供奉在金乘寺中。

[2] 关口驹井町：今东京都文京区关口二丁目。

[3] 御贿组：为江户城供应一切食材的机关，头领是御贿头，通称组头。

北和黑沼传兵卫的女儿阿胜。两人同龄，都是十八岁。

当夜关口台町的铃木宅邸举办歌牌会，她们俩傍晚便过去做客。无论哪个时代，歌牌都要玩到半夜。男人们迟迟不肯散场，年轻姑娘们则在目白不动堂敲过四刻（晚上十时）钟声后便陆续准备回家。阿北和阿胜留在铃木家吃了什锦寿司饭，耽误了些时间，眼下才刚刚回来。两人刚出宅邸时还有四五名女伴同行，只是中途渐次分别，到达驹井町时已只剩阿北和阿胜两人。

虽然已经夜深了，但这条路平时已走惯了，况且眼下离家不过两三町距离，因此两人毫不担心，一手提着灯笼，一手放在胸前，微微低头快步往前走。

下坡后，右侧有两三家武家宅邸和商铺，间或有寺院；左侧则几乎都是寺院。过了四刻，武宅自不必说，连商铺也关了大门，这条寺院町的街道显得分外萧条。寒风一阵紧似一阵地呼啸而过，虽说这时节已经开春，但毕竟是正月的深夜，眼下冷冽的光景简直比穷冬还要更胜几分，似乎眨眼间便可扬起雪来。两人头压得更低，快步疾行，结果阿北不知看见了什么，突然驻足：

"咦，那是什么？"

阿胜也举起灯笼一看，只见前方有个白影在飞舞。仔细一瞧，原来是一只白蝶。虽然个头比平时见到的大一些，但的确是蝴蝶。它扑扇着翅膀，在寒风中低低飞舞而去。两人面面相觑。

"是蝴蝶吧？"阿胜低声说。

"是，所以才奇怪呀。"阿北也小声道，"这时节怎会有蝴蝶？"

时值正月，眼下又是黑漆漆的半夜，却有白色蝴蝶飞舞，也难怪两位姑娘感到奇怪。两人一言不发地望着蝴蝶飞走。不知是否被寒风压制，蝴蝶飞不高，不如说飞得很低，仿佛贴着地面。它从大街中央歪歪斜斜往左偏移，最终来到左侧某寺垣墙边。那是低低的杉树篱，从外头便能清晰看见墓地，篱笆底部常有野狗之类出来进去，树篱因此稀稀疏疏的。蝴蝶从树篱缝隙间飘过去，飘向前方的墓地，消失在了一片黑暗之中。

两人正新奇地瞧着蝴蝶飞走，此时身后传来草履声。一个五十出头的男子提着灯笼正要走过，忽又回头问道：

"两位可是御赇宅邸的小姐？"

两人闻声回头望去，原来男子是音羽一家叫市川屋的花纸绳铺的手艺人。据说这一带本是江户城一位名叫音羽的大奥[1]女官的领地，地名"音羽"便是来源于此。因此，据说往昔江户城大奥使用的纸、发髻绳、花纸绳之类都由音羽出产。直至明治时代，这里还有为数众多的纸铺和花纸绳铺。眼前这男子也是花纸绳铺的手艺人，名叫源藏。他长年住在附近，阿北和阿胜自小就认识他。

"都这时辰了，你们从哪儿回来？"源藏又问。

"我们去铃木大人家玩歌牌……"阿北回答。

---

[1] 大奥：江户城中，幕府将军的正妻、侧室、子女及大奥女官的居所。

"啊，原来是这样。"源藏点头道，"那你们在这里看什么？"

"有只白蝶在飞……"

"白蝶……你们看到了？"

"这么冷的晚上，怎么会有蝴蝶飞舞呢？"阿胜问道。

"其实我也见过三次……"源藏也疑惑道，"确实离奇。去年年底开始就时不时有人说看到了蝴蝶。这么冷的天，蝴蝶怎么活得下来，况且还都挑黑漆漆的夜里飞，当真奇怪。"

两人虽是武家的孩子，但毕竟是年轻姑娘，忽然也害怕起来，不禁后背一凉。

"那蝴蝶飞到哪儿去了？"源藏又问。

"那家寺院里……"

"嗯……"源藏往墓地方向探看，但那头只传来枯叶随风晃动的沙沙声，新墓和旧墓都沉寂在黑暗之下。

这时又有一点亮光出现，还有梆子声传来。原来是巡夜人藤助巡视到这边来了。见三人站在这儿，藤助也走过来。

"你们丢东西了？"

他也认识三人。听源藏说完白蝶的事，藤助也皱眉道：

"你们说的蝴蝶，我也时常见到，总让人心里毛毛的。今晚都飞进寺院墓地了？"

"会不会是谁的灵魂变成蝴蝶，从坟墓里溜出来了？"源藏说。

"不，蝴蝶不是从墓里飞出来，而是从别处飞过来的。今晚好像是头一回飞进墓地里去。"藤助说。

"不过没人见过蝴蝶从何处飞来，又飞到了何处。再者说，那蝴蝶好像也不是真的。"

"不是活物？"

"它们会飞，看起来像活的……但照我看，那些蝴蝶应该是纸糊的，不像真的。"

在一旁听着的三个人再度面面相觑。

"我倒没发觉这点……"源藏愈发不可思议道，"真是纸做的？那和蝴蝶贩子卖的可不一样。"

"纸蝶贩子卖的都是小孩玩具。那蝴蝶虽不是那种便宜货，但应该不是活的。用的应该是白纸……或者类似白绢的东西……总之像是人造的。可人造物为何能像活物一样飞走？实在叫人想不通。总之甚是奇怪。我可不想看到那种东西，总感觉见了会遇上坏事。话虽如此，我是干这行的，每晚都要巡视，因此即便再不想看见那蝴蝶，还是时不时会见到。也不知是否多心，每次见过蝴蝶，第二天我总感觉不舒服……"

三人闻言，愈发不寒而栗。阿胜悄悄拉着阿北的袖子说：

"我们快走吧。"

"嗯，走吧。"阿北立即同意。

"对了，夜越来越深，我送两位小姐到宅邸前吧。"源藏说。

辞别藤助，三人再次快步前行，回到音羽大街后，白色蝴蝶的身影再没出现过。姑娘们居住的宅邸在音羽七丁目后巷，源藏将她们送到地方后就走了。

阿北的父亲瓜生长八正在江户城中值夜勤，当夜没有回家。瓜生家成员有长八、妻子阿由、长女阿北、次女阿年、长子长三郎和婢女阿秋，总计六人。家中没有男仆。长三郎今年十五岁，阿年十三岁。由于阿北归家有些迟，家中正商量要不要派长三郎前去迎接时，阿北与邻家阿胜一起回来了，说是花纸绳铺的手艺人送了她们一程。

"我回来了……回来晚了。"

"你怎么了？"母亲阿由见女儿神色仓皇，便奇怪地问。

"没什么……"

"你脸色不好。"

"是吗？"

白蝶让两个姑娘无端受惊不假，但阿北自以为没有表现得太过失态，不由得惊讶于母亲敏锐的感觉。她顿了顿，想将白蝶一事告诉母亲和妹妹，只是不知为何又说不出口，最终还是没说。

"听说这个春天流行风寒，你小心些。"一无所知的母亲说。

夜已深了，妹妹阿年等不及姐姐回来，方才便去隔壁四叠半房睡了，此时却似被梦魇住，突然叫了起来，想必是做了噩梦。阿由拉开纸门走进邻室。

她叫醒正在呻吟的阿年。少女的额头上不断冒出汗珠。

阿年的梦是这样的。她和姐姐一起走在广阔的大草地上，而姐姐却不知何时化作白蝶，接着便扑闪着翅膀飞走了。阿年吓了一跳，想要追赶，却怎么也追不上。她焦急万分，正想唤住姐姐时，便被母亲摇醒了。

阿北听完妹妹的梦后暗暗吃惊，这下当真脸色大变。可如此一来，她愈发忌讳白蝶一事，因此依旧没有开口。母亲也没有特别在意少女的梦话。

"小孩子总会做各种各样的梦。阿姊在这儿呢，你安心睡吧。"

阿年再次睡着。其他人也各自钻入被褥。此后无事，瓜生一家安稳地度过一夜。整夜的玩乐，让阿北倍感劳累，于是她也很快进入梦乡。

第二天，虽然风已在夜里停歇，但还是很冷。与如今不同，当时的音羽一带是江户的偏僻地区，庭院和大街上都积起厚厚的春霜。天蒙蒙亮时，习惯早起的瓜生一家纷纷从被窝里钻出来。阿由支使婢女在厨房忙碌。阿北则到大门外打扫。邻居黑沼家貌似也起了，阿胜也拿着扫帚出来。两个姑娘提起了昨晚的事，阿胜便凑过去低声问道：

"昨晚的事，你有没有告诉别人？"

"没，我谁也没说……"

"我告诉了母亲。"阿胜愈发压低声音道，"结果母亲早就知道白蝶的事。"

"你母亲也见过？"

"好像没亲眼见过，但听说过。她和父亲说了，结果被父亲呵斥，让她别胡言乱语，之后母亲就再没提过。"

御贿组因其职务性质，大多数人武士风气不甚浓厚。但阿胜的父亲黑沼传兵卫生来武士气质很强，忠肝义胆、意志坚定，在组内颇受敬畏。

161

若阿胜的母亲对传兵卫说了什么怪力乱神的话，一定会被骂个狗血淋头。

据阿胜的母亲说，最近夜一深就会有奇怪的蝴蝶到处乱飞。那蝴蝶与阿胜和阿北看见的一样，是比寻常蝶类略大的白蝶。而它飞入的人家必定遭灾，听说大多会出人命。

"你母亲为何知道这种事？"阿北又问。

"这个呀……"阿胜继续说明，"四五天前，白鱼河岸[1]的叔叔来拜年时和她说的……听说八丁堀也在暗中调查呢。"

所谓"白鱼河岸的叔叔"是黑沼家亲戚，姓吉田，在白鱼御纳屋[2]当差。因为离八丁堀近，吉田认识许多八丁堀同心。这白蝶的秘密似乎就是某位同心透露的。这么看来，白蝶之事并非全是无稽之谈。但传兵卫还是坚决否认，甚至说出这样的话：

---

[1] 白鱼河岸：江户时代京桥地区京桥川附近的河岸，今东京都中央区银座一丁目一带。

[2] 御纳屋：江户时代建在河岸边的商品仓库。

"定是白鱼河岸胡说八道，不然便是近来将军脚下过于太平，八丁堀那群人闲得慌才到处胡言乱语，装出忙碌的样子。无聊。"

若非要这么说，倒也无甚可争辩，只是白鱼河岸的叔叔不是会说谎的人。即便被丈夫呵斥，阿胜的母亲心里依旧相信，八丁堀的人就算再闲得没事，也不会无缘无故散播流言。

这节骨眼儿上，阿胜深夜归来，又说看见了飞舞的白蝶，她母亲更是不得不相信。

"所以我母亲告诫说，最近晚上还是不要出门为好。"阿胜又说。

二

阿北打扫完大门前便走进自家屋里，心里莫名在意今天阿胜说的话，有些闷闷不乐。

不论阿胜的父亲如何否认，白蝶怪事似乎并非空穴来风。

尤其想到妹妹阿年昨日做噩梦，阿北更是感到恐惧，害怕白蝶与自己之间有了什么纠缠。然而，她还是不敢将此事告诉母亲和弟弟，依旧沉默不语地吃着早饭。

"你从昨晚开始脸色就不好，当真没有染风寒？"母亲阿由再次关切地问道。

"没有……"阿北的回答虽与昨晚一样，但她似乎感到身上有些发冷。不知是否多心，她觉得太阳穴两侧也愈来愈痛。

弟弟长三郎吃完早餐搁下筷子便出去练剑。

四刻（上午十时）左右，父亲长八值完班回来，看见女儿的脸色也皱起眉头：

"阿北，你脸色不太好，莫非染了风寒？"

父母都认为她染了风寒，阿北不得不躺下休息。婢女阿秋跑到音羽大街上买风寒药。

阿北似乎的确有些发烧，一躺下立刻昏昏沉沉地睡了过去，不久又睁开眼，听见阿秋正在起居间里说话。虽然她与主母是压着声音交谈，但毕竟只隔一道纸门，门后的阿北也能听清大概。

"我去药铺的时候，正好碰上隔壁阿安也来买药，说是邻家的阿胜也染病倒下了……"

"这么说，两人都因太晚回家染上风寒了？"阿由说。

"不，这事很奇怪……"

阿秋愈发压低声音，但从断断续续传出的声音判断，她似乎在说白蝶一事。总之，阿胜也卧病在床了。

"这……竟还有这等事？阿北什么也没说，我一点也不晓得……"阿由不安地说，"这么说，阿胜丫头和阿北都不是单纯染了风寒？"

之后谈话声又减弱。不久，阿秋退到厨房，阿由似乎起身去了丈夫的起居室。不多时，阿北又迷迷糊糊睡着了，不知后续如何。当她再睁开眼时，日头已经落山。

傍晚又照常刮起寒风。屋里凉飕飕的，不知从何处钻进来的晚风不时摇晃枕边的座灯灯光。

阿北抬起头一瞧，只见母亲阿由正坐在枕边，眼神担忧地打量着女儿的睡颜。

"可舒服些了？"阿由立刻问，"有没有发汗？"

经母亲这么一说，阿北才发觉自己的寝衣已汗湿了。母亲帮女儿换了寝衣，再度让女儿躺下。不知是否因为发了汗，阿北觉得头没那么昏沉了。阿由闻言，这才稍微安心地点了点头，不久又低声说：

"那便好。其实我心里一直暗暗忧心，因为你染的似乎并非普通风寒。你睡着时，隔壁黑沼家的叔叔来过一趟……"

"阿胜也不太好，对吧？"阿北低声道。

"今早还好好的，午时前后忽然病倒，也和你一样，看似染了风寒。只是里头似乎有内情，你黑沼叔叔便过来问问。他听说你们昨晚玩歌牌回来的路上，在目白下的寺院面见到了白蝶，便过来问问是不是真的。你当时生病正睡着，我便回说等我问清楚了再告诉他。你黑沼叔叔就说那他改日再来，接着就去音羽大街上的那家花纸绳铺……市川屋铺上，找手艺人源藏打听了一番，之后又让源藏领着去了寺院那边。"

阿北很想知道结果，急忙问道：

"之后怎么样了……"

"你也知道你黑沼叔叔的脾气。"阿由微微笑了，"听说他发了好大的火，一直揪着源藏不放，厉声问他看见蝴蝶的地方在哪儿。听源藏说蝴蝶钻过树篱飞进了寺院墓地，他便跑进寺院四处查看，但没找到有用的线索，也没看见蝴蝶尸骸。你黑沼叔叔还不满意，绕到前门找和尚问他们有没有白蝶的线索，结果寺院方面说完全不知情。他只好死心回来了……这世上真有这样的奇事。

你当真见到蝴蝶了？"

如今也瞒不住了，阿北便将昨晚之事和盘托出。阿由的脸色又沉了下来。两个年轻姑娘深夜回家，还同时染上风寒。这样的事虽不稀奇，但既然与蝴蝶怪事有了牵扯，两人的病便也可能没那么简单。

"至于你父亲……"阿由又说，"你也知道他的脾性。他对这次的事没说是真是假，只是我总放不下心……万一你有什么三长两短，事情就糟了。但现在看你这样，似乎也无甚大碍。不过，我还是得去隔壁探望探望阿胜，再告诉你黑沼叔叔你也见了那蝴蝶。我这就去一趟。"

阿由拿了个家中现有的点心盒，立刻去了邻家。她出门后，阿北将妹妹叫至枕边，又详细问了问她昨晚的梦。阿年说确实梦到了阿姊变成白蝶。小孩子的梦，在平时几乎引不起任何人留意，但现在却像一只大手般紧紧攥着阿北的心。她愈发害怕，总疑心房间里某处正悄悄地蛰伏着几只白蝶，于是躺在被褥内不放心地环视起房间的各个角落。

半个多时辰后，阿由回来，又在女儿枕边说了这样的事：

"阿胜与你不同，情况似乎不太好。我过去时，大夫正好也在她家。大夫说阿胜是染了恶性风寒，但你黑沼叔叔好像非常担心。"

"叔叔怎么说？"

"他似乎还是不信，但女儿情况不好，你又说的确看见了蝴蝶，所以他好像也觉得有些奇怪……你黑沼叔叔说，町奉行所已知晓此事，正在暗中追查，到时自然会知道真假……总之，这阵子天黑之后就不要出去了。不光姐姐，阿年你也要小心。"

阿由告诫完两个女儿，当晚早早入睡。外面传来风声，家中无事。第二天早晨，阿北气色愈发好了，但谨慎起见，还是决定再躺一天。弟弟长三郎代阿北去大门前扫地。隔壁黑沼家没有儿子，是婢女阿安出来打扫。

俩人边扫边聊，阿安脸色沉重，原来就在昨

夜，主子家里闹出了件怪事。

昨天半夜，生病的阿胜难受地呻吟起来。父亲传兵卫起身过去看她。阿胜房间里灯火已灭，但黑暗之中竟有一个小白影飘浮在半空。那是一只白蝶，歇了翅膀，正停在阿胜的被子上。传兵卫返身取来起居间的刀，想赶走蝴蝶，结果蝴蝶纹丝不动。传兵卫没有拔刀，用刀鞘横着一扫，结果蝴蝶翩翩飞进传兵卫寝衣前襟。

传兵卫叫醒妻子阿富——阿富帮着点燃烛台——他自己脱下寝衣查看，却怎么也找不见蝴蝶的踪影。阿富嘴上说大概是传兵卫看错了，但心里也有些不安。他们摇醒阿胜问了问，后者说自己没有做噩梦，只是昏昏沉沉睡着，什么也不知道。

事情便是如此。虽然最后归因于传兵卫看花了眼，但在这节骨眼儿上，每个人心中都存有无法消解的怀疑。胆小的阿安用被子蒙住头，一晚上睡不安稳。

"黑沼叔叔也是上了年纪。"长三郎听着这话，暗暗笑道。

平时对这类怪力乱神不屑一顾，事到临头却心慌地出现了幻觉。传兵卫不过四十出头，正值壮年，难道人竟能变得如此脆弱？

"这些话最好不要说出去。我也会保密的。"长三郎吩咐阿安道。

"是，夫人也命我不要外传。"阿安也说。

明明叫她不要说，她却转头就告诉了长三郎。长三郎内心厌恶婢女多嘴多舌，随意应付几句便回家了。吃过早餐，长三郎又佯装不知情地去邻家探病，得知阿胜的病情依旧不太好。

"你阿姊她……"阿胜的母亲阿富问道。

"阿姊已大好了。今儿再躺一日，应该就能起身了。"

"那太好了。我家女儿还是这个样子……"

"真叫人担忧。"

两人寒暄之际，主人黑沼传兵卫从里头走了出来。

"阿长，你跟我来一下。"

传兵卫将长三郎叫进自己的起居室，徐徐说道：

　　"在年轻人面前说这些实在丢脸，但我昨晚有些失策。"

　　"怎么了？"

　　长三郎依旧佯装不知。于是传兵卫主动说起白蝶之事，与方才阿安透露给长三郎的一样。传兵卫坦陈昨晚的失态后，自嘲般苦笑道：

　　"我虽然身微位卑，却高低是个武士，根本不信世上有什么灵异妖怪。孔子也说'子不语怪力乱神'。前几天白鱼河岸的亲戚来时，似乎也对内人说过白蝶一事，但我并未放在心上。不，我觉得荒谬至极。但是，前天晚上我家阿胜也看见了白蝶。你阿姊也看见了。不仅如此，那花纸绳铺的手艺人源藏也说见到了。源藏是个老实人，不会无缘无故说谎。这么看来，此事当中定有蹊跷。况且凡事终需一试，因此我决定今晚去目白坂一带探一探，看看究竟有没有白蝶飞舞。如何？你可愿一起去？"

当时的年轻武士时常打着试胆旗号玩百物语[1]或半夜踏足墓地，抑或前往悬首示众的刑场冒险。传兵卫邀请长三郎也是这个意思。虽然长三郎前往练习剑术的武馆也经常举办此类活动，但他还是个十五岁的少年，每次都被同伴排挤在外，一直心有不甘。此刻听了这种建议，长三郎立刻欢喜地答应，请传兵卫务必带自己同去。传兵卫赞同地点头：

"嗯，我就知道你一定会答应。这样，我们今晚五刻（晚上八时）左右出发。不过，你父母可会答应？"

"我就说去上夜学。"

长三郎还在护国寺门前町上夜学，修习汉文书籍，故而他打算以上夜学的名义瞒过父母，外出搜寻怪蝶。此事议定之后，他便意气风发地回了家。

---

[1] 百物语：日本传统的鬼故事大会形式之一，据说讲完 100 个鬼故事后，真正的鬼怪就会出现。

"你一个人去也就罢了，还要带上年轻的阿长，万一出事可怎么办？"妻子阿富担心地说。

"放心。他虽然年轻，但甚是稳重。没事的。"传兵卫笑道。

三

正月廿十，太阳落山，傍晚的天空隐约有三两星子闪烁。苍茫的夜色中，寒风瑟瑟，卷起音羽大街上的沙尘。

"好冷，好冷。今年正月怎么天天吹风，真会折腾人。"

两名喝醉的武家仆役挤作一团，顶着寒风自江户川桥方向跟跟踉踉地走来。

"天再怎么冷，只要怀里钱袋鼓鼓的，那就不算什么。可天冷不说，囊中还羞涩，真可谓内外交困，叫人经受不住啊！"

"当真经受不住！"另一人附和道。

"没办法，不如顶着呵斥去求管事？"

"不行不行，跟咱们府上的管事根本说不通。还是求求阿近吧。虽然给不了你多少，但一朱二朱还是有的。"

"阿近……你跟她借过钱？"

"其他人我不知道，但借给我，她还是肯的。"

"你不会做她情郎了吧？"

"我巴不得她肯跟我。还没到那份儿上呢。"

"这倒奇了。那女人竟然肯借钱……她为何借你？"

"哈哈，这我不能说，总之她借我了。只要我求她，她就会借我。"

"那我也去试试。"

"想得美！你去求她，她一文钱也不会给你，哈哈哈……"

两人聊着这些，你推我挤地往前走，背后还跟着一个黑影。从音羽七丁目往西拐有一小片庄稼地。两人走到这里，对面梆子声愈来愈近，接着出现了巡夜人藤助的灯笼光亮。

"晚安。"藤助先开口道。

"哟，辛苦了。"其中一名武家仆役道，"这天儿真是冷得要命。"

"确实很冷。"

"这儿虽然是你巡视范围，但也不必老老实实往这边转。可当心被附近的狐狸迷了眼。"另一人笑道。

"哪里的话。这儿的狐狸我都熟，不碍事。"藤助也笑着说，"两位今晚心情可好？"

"不太好。最后一点钱也买了酒喝，等会回去又要被门子说，还要被管事骂，净是些糟心事。"

"不过这家伙有个老大不小的阿近姑娘养着，幸福得很哩。"

"哎，你别乱说。"

"阿近……"黑暗中，藤助的眼如猫头鹰一般亮了起来，"你说的阿近，是你们府上的阿近？"

"嗯，对。"

仆役囫囵应了一声，抬脚走了。

另一人也跟着走了。藤助似乎还想问些什么，跟着踏出两步，随后又改变主意，目送两名仆役走远。他正打算折回大街，却忽然吃惊地回头望向庄稼地，看见那边蹲着个小小的身影。不是狐狸，好像是人。

那人猫着腰从地里走出来，蹑手蹑脚地跟在两名仆役身后。与此同时，藤助的灯火忽地灭了，他也轻手轻脚地跟在了黑影后头。

另一边，有两个黑影正在目白坂下昏暗的寺门前徘徊，正是黑沼传兵卫和瓜生长三郎。他们按照白天的约定，前来探查白蝶的真面目。长三郎小声说：

"叔叔，是这附近吧？"

"是这附近，昨天我让源藏带路来过，仔细查了一遍。他说蝴蝶钻进树篱，飞进了墓地。"传兵卫伸手往黑暗中指去。

"每晚都会在这里出现？"

"不知。但我们只能在这儿守着。你去那边门下避风吧。"

"不要紧，不如我去附近转一圈？"

"嗯，俗话说常在外头转，也许交好运。与其在这里干站着，不如稍微走走。"

"叔叔你在此稍等，我去附近转一圈。"

说完，长三郎便快步往坡道上方走去。风吹个不停，呼啸着穿过寺内大榉树，树梢沙沙作响，高高挂在枝杈上的残破纸鸢也发出咔嚓咔嚓的怪声。

长三郎避开强风，机敏地留意着四周的动静，缓缓地爬上了坡道。此时，一盏长灯摇摇晃晃地从某户武家宅邸旁的横巷中冒了出来，原来是巡夜人藤助不知从何处巡视到了这里。他没有敲梆子，但长三郎还是凭灯笼的亮光迅速认出了他。

"喂，巡夜的，今晚可曾在附近看见飞舞的蝴蝶？"长三郎走过去问道。

"哦，是瓜生少爷？"藤助微微举起提灯，借光看清了长三郎，"您也在找蝴蝶？"

"我阿姊说，她前天晚上在这附近看见了白蝶，今晚我便来寻。据说你也见着了？"

藤助不答，而是继续问道：

"您找蝴蝶做什么？"

"没什么做不做的，只是觉得那蝴蝶可疑，便想抓住。"

"抓住了……又待如何？"

"只是想抓住。"长三郎不愿再透露。

"那还是收手吧。"藤助告诫道，"这里确实有白蝶飞舞。数九寒天，白蝶乱舞，这不是什么好兆头。您身为武士，还是不要掺和为好。"

"不，基于某种缘由，我必须掺和。你今晚可曾看见？"

藤助摇头。

"那蝴蝶并非只在这一带飞舞，也非每晚都出来，您四处徘徊寻找也是没用的。今晚只您一个人？还是有伴？"

长三郎不知该如何回答，迟疑片刻，最终还是照实说道：

"其实，我是和黑沼叔叔一起来的。"

"黑沼老爷……"藤助冷淡地说，"他在哪儿？"

"正在坡下寺门前等候。"

"哦，是吗？"

藤助的声音愈发冷淡，朦胧的灯火笼罩着他的面容，他在灯火里暗自冷笑。

"方才说过，即便你们在这一带寻找，白蝶也鲜少现身。还是趁在染上风寒之前，趁早回家吧。"

说罢，他微微点头致意后便走了，徒留长三郎站在原地。

梆子声横穿坡道，在对面横巷中渐渐远去，长三郎心中若有所思。藤助说，白蝶并非每晚都出现在这一带。长三郎虽然早有预料，但既然每晚巡夜的巡夜人都这么说了，他也开始琢磨冒着寒风跑出来找蝴蝶究竟值不值当。

"干脆回去找叔叔吧。"

他想返回，却又迟疑了。好不容易来到这里，却急着要走，说出去也不好听，保不准不会被人看矮了。长三郎也不想被黑沼叔叔嘲笑没出息，于是改变主意打算再多转悠一会儿。

时辰还不到五刻半（晚上九时），这一带的武家町却已安静得如同进入了梦乡，街上唯一的声响只有猎猎的风声。

长三郎漫无目的地梭巡了周边一圈，回到坡道上方，夜越来越深，寒意渗入骨髓。

"叔叔应该在等我。"

长三郎觉得差不多可以返回了，便走下坡道。快要返回原地时，他突然顿住脚步，口中"啊"地惊呼一声，只因他看见一只轻盈的大白蝶正在黑暗中翩翩向前飞去。他紧盯着那只怪蝶不放，脚步也加快起来，谁知仅仅是转了一个弯儿的工夫，白蝶竟然凭空消失了！

长三郎想赶紧将此事报告给叔叔，快步走回寺门前，却不见传兵卫的身影，于是在黑漆漆的寺门前四下寻找。忽然，脚下绊到了东西，好像是人。长三郎单膝跪地摸索，发现确实是人，而且还佩戴着长短双刀。

长三郎大吃一惊，慌忙抱起那人。

"叔叔？黑沼叔叔……叔叔！"

那人没有回应。四周虽然很暗，长三郎却已大致推断出此人就是传兵卫，慌忙继续唤道：

"叔叔……叔叔……黑沼叔叔！"

许是听见了他的呼唤声，一点灯笼火光忽然出现，正是巡夜人藤助。他提着灯笼过来：

"怎么了？"

"灯笼借我！"长三郎急切道。

被火光照亮的人果然是黑沼传兵卫。他的手还握着刀柄，已然气绝。长三郎虽然慌张，但到底是武家之子。他立刻扶起尸体检查，却没发现任何刀砍或殴打的伤痕。

"快去拿些水来。"长三郎回头望向藤助。

但藤助只是提着灯笼呆立原地。长三郎又急促道：

"喂，你去寺院讨碗水来！"

"寺里的人已经睡了。"藤助徐徐道。

"那就去井里打！"

"给他水喝，他就能活过来？"

"别废话，赶紧去打水！"长三郎叱骂般吼道。

藤助默不作声地进了寺。由于灯笼被他带走，寺门前重归黑暗。长三郎在黑暗中抱着黑沼叔叔的尸体，恍惚地喘着大气，跪坐在冰冷的地面上。

虽像在做梦，长三郎仍旧思索着。从手握刀柄的姿势可以看出，叔叔并非突发恶疾骤亡，定是看见了什么东西，来不及拔刀便倒下了。长三郎想到那只白蝶。自己刚刚在附近见过白蝶怪影。叔叔会不会是因为那只蝴蝶才遇难的？长三郎感到恐惧的同时，胸中又充满无法抑制的愤怒。

"畜生，给我记住！"

他内心怒吼，在一片黑暗中怒目圆睁。这时，藤助灯笼的火光又似鬼火一般浮现。他另一只手上提着一只小水桶，慢吞吞地往外走。

长三郎见状，愈发急躁：

"喂，快点……快点……"

任凭长三郎怎么呼喊，藤助还是不紧不慢地默默走出寺门。长三郎一把抢过水桶，桶内有水瓢。长三郎用水瓢舀水，灌进传兵卫口中。

"叔叔……叔叔……您振作些！"

传兵卫没有回应，似乎也不咽水。藤助只在一旁默默看着，仿佛知道一切皆已注定。

"没办法，先把他抬进寺里，再去叫大夫吧。"长三郎丢掉水瓢说。

藤助始终一声不吭地站着。不知何处传来猫头鹰的叫声。

四

　　黑沼传兵卫的尸体被抬进寺里。长三郎催着赶着让迟钝的巡夜人藤助去叫附近的大夫。说是附近，其实也离了四五町距离，藤助一时半会儿回不来。这期间，寺里僧人也七手八脚地帮着救助传兵卫，但他早已死绝了，身体始终像冰块一样又冷又沉。

　　"请节哀顺变。"住持似已死心了。

　　长三郎默默叹了口气。这下出了大事，真叫他后悔不迭。但现在不是抱怨的时候。既然传兵卫已经死透了，那就不必等大夫，须得尽早赶到黑沼家报告此事。思及此，长三郎请寺内僧人照看尸体，自己走了出去。

　　长三郎走时带走了寺院的灯笼，然而路上本就强风涌动，他跑得又急，出了寺门没过三四间距离，灯火就灭了。返回寺里太过麻烦，着急赶路的长三郎便摸黑疾行。此时，不知从哪儿冒出来一个男人，差点撞了上来。他小声唤道：

"啊，喂，喂……"

冷不防被叫住，长三郎吃惊驻足，但对方身形隐在黑暗中，看不见。

"那武士死了吗？"男子问。

长三郎正在犹豫该如何作答，男子又问：

"那位老爷叫什么？"

长三郎依旧无法回答。若黑沼传兵卫在大街上离奇横死的消息传出去，说不定会给黑沼家招来覆巢之祸，因此不能贸然回应。况且长三郎正心急如焚，这男人没头没脑地缠上来，叫他好不厌烦。于是他冷漠答道：

"不知道。"

"年轻吗？"

"不知道，不知道！"

说完，长三郎又大步向前。男子竟执拗地跟了上来：

"还有，请问……"

他似乎还想问些什么。长三郎此刻又怒又惧，全身紧绷，如同对上天敌的小兽，他一声不吭，忽然转身逃也似的跑开了。

在黑暗中拔足狂奔了一阵，赶到音羽大街拐角时，长三郎又冷不丁地撞上了另一个人。

"您是瓜生家的少爷？"对方问。

来者正是巡夜人藤助。他手上的灯笼也灭了。

"大夫呢？"长三郎立刻问。

"大夫睡了，被我叫醒，说是随后就来。"

"那有劳你了。"

说完，长三郎继续奔跑，一口气飞奔回了御贿宅邸。事到如今，他已无法再隐瞒父母。即便会遭斥责，他还是觉得必须将一切和盘托出。他先回自己家中，父母听到他的一番述说之后，皆大吃一惊。父亲长八慌忙换好衣服，与儿子一同冲出家门。

两人敲响隔壁黑沼家的门。传兵卫的妻子阿富和女儿阿胜来到玄关，也被这飞来横祸所惊，立刻决定去现场一探究竟。由于家里没有其他男丁，所以由阿富和阿胜出面。

两男两女手中提着四盏灯笼，灯光在夜风中晃动。一行人踏着满街冰霜，慌乱地来到目白坂下。大夫已先他们一步抵达，说传兵卫已没有苏醒的可能。

传兵卫死因不明。他身上没有任何伤口，体貌安详，也不像突发恶疾，实在死得蹊跷。大夫也百思不得其解，只是不确定地诊断说，从传兵卫紧握刀柄这一点来看，兴许是遇上了什么怪物，因异乎寻常的惊愕或惧意导致心脏破裂而亡。寺院住持也觉得有可能。长八父子一筹莫展地叹息一声。阿富则哭了起来。

"好了，重要的事还在后头。"

长八双手搭在膝上，眉头紧锁。正如长三郎暗自担心的那样，此事若声张出去，或许会对黑沼家不利。既然人已经死了，那也没办法，难办的是家中没有继承人。长八眼下便开始替黑沼家考虑该如何善后。

按照当时的惯例，这种情况必须先秘不发丧，迅速为女儿招赘，再提请官家将女婿扶为养子，之后再报告家主骤亡。从某方面来说，这把戏十分显而易见，但组头也明白其中的难处，大抵会允许婿养子继任家主。此次事件也只能依靠这种方法保黑沼家无虞。

"由于事后牵扯复杂，今晚之事，还请两位保密……"

长八请求住持和大夫道。他们也明白个中缘由，毫无异议地答应了。

大夫已经答应。寺院方面因住持已经应承，其他僧众自然不会外泄。剩下的便是巡夜人藤助。因为有必要封他的口，长八吩咐儿子长三郎去找藤助。长三郎一口应下出了门，然而没想到，他在附近找了一圈都没有找到这人。

据寺院说，他喊来大夫之后便没回来。他拍开大夫家大门，告知有病人急需诊治，并在归途中遇见了长三郎，这些众人是知道的。只是在那之后，他不返回寺中，到底去了哪里？众人虽有疑虑，但眼下无暇纠缠于此，所以长八与住持商议妥当后，便让人叫了附近的轿子，假装传兵卫是突然抱恙的病人，将尸体送出寺院。万幸此时是月黑风高的深夜，最宜秘密行事。

总算处理好了传兵卫的尸体，但长八也不能凭个人意愿安排一切，便将事情如实告知五六个特别亲近的组内之人，然后火速办理了接收婿养子的手续。

前文曾略提了一笔，黑沼家亲戚吉田幸右卫门住在京桥白鱼河岸，在白鱼御纳屋当差。他家次子幸之助今年二十岁。两家私下其实早已有商谈，打算往后将幸之助招为阿胜的丈夫。所以，长八等人便立刻着手为两人办理官方手续。当然，阿富和阿胜对此都没有异议。吉田家虽然对此次意外惊愕不已，但也顺理成章答应让幸之助成为黑沼家养子。

一切手续办妥，幸之助顺利继承黑沼的家产，相关人等都松了口气。传兵卫之死也已借猝死之名上报官家，尸体不用检验，直接送去了黑沼家的菩提寺。

如此，这桩离奇的案件最终被横死的黑沼带进了坟墓，重重疑点也都牢牢锁在相关者心中。长三郎牵扯上这么大的事，自然受到了双亲的严厉呵斥，但一个劲指责他也于事无补。眼下更紧要的是藤助。万一他将那晚的秘密泄露出去就麻烦了。翌日早晨，长八让长三郎出门打听藤助是否在家。长三郎打听出藤住自昨晚起便没回家，只好徒劳而返。

"真是怪了。"

这天，长八望着窗外喃喃道。此时已是传兵卫葬礼结束后的第二天早晨。噩耗突发以来，朔风如刀，不解人意，连刮了多日。不过今日清早却渐吹渐息，天空一改晦暗阴冷之貌，难得地晴好起来。长八养的那只令他颇为自得的黄莺一大早便在笼子里叫个不停。

"要不我再去看看？"长三郎打量着父亲的脸色说。

"嗯，那晚之后，藤助就不知去向，十分可疑。

难道他也被杀了？"

"不知……"长三郎思忖着说，"真被杀了？"

"兴许被杀了。"

"既然如此，尸体应该会在某处出现才对……"

"说得也是……但是，他不可能无缘无故失踪，难道是怕受牵连？"

既然黑沼传兵卫意外身亡时，藤助也在现场，那他也可能因害怕遭受牵连而逃走。可当时在场的并非只他一人，还有长三郎，他应该是能为自己洗脱嫌疑的。他不是妇孺之辈，而是一个四十岁的男子，正是头脑最清楚的时候，照理应该不会因为这点事情而躲藏起来。不过也有可能他格外胆小，只顾着害怕了。长八想，总之有必要再审问他一番。

"那你再去看看。若他依旧没回家，就问问邻居。但切记要小心。不要暴露我们的秘密。"

"遵命。"

长三郎立即出门。街上碧空如洗，清新明媚，护国寺周围的树梢上挂着层淡粉色的霞光。长三郎走到音羽大街上，碰上了市川屋的手艺人源藏。

"黑沼老爷真是遭了大难。"源藏打招呼道。

"你来得正好，巡夜人藤助这阵子怎么样？"长三郎不动声色地问道。

"这事可怪了。他自正月二十日晚上起便不知去向。邻居们也很担心。但眼下还没有他的消息。"

巡夜人其实也是看守町门的人，平时就住在警备所隔壁，开家杂货铺之类的小铺子。但藤助却是住在巷子里头的。他以前也在大街旁有家小铺，只是三年前媳妇离世，没人照顾铺子，他便在取得町中人的理解后将铺子转让他人，自己搬入后巷，依旧帮町中做些杂事。

"我记得藤助有个女儿？"长三郎又问。

"有个叫阿冬的女儿。"源藏点头道，"年后便十五了，性子乖顺，长得也不差，可惜小时候得天花伤了眼睛，如今右眼失明。"

"他女儿也很担心她吧？"

"自然担心。她去求了神签，还去找人算卦，但好像也没问出个所以然来。"

听到这里，似乎已没必要再跑过去查看，但长三郎还是想去藤助家看看情况，便让源藏带路。源藏领着他走进警备所附近的一条巷子，这条巷子狭窄而幽深，白天也显得昏暗寂静。长三郎默默跟在后头。

巷口虽窄，进去后却发现一大片空地，还有这一带特有的抄纸场。藤助家也有一个小院子，里头有一棵桃树。

"小冬，在不在？"

源藏在外头唤人。屋里没有回应。源藏连续唤了三声，阿冬这才听见声音，用围裙擦着湿手从屋后走出来。

阿冬虽然才十五岁，块头却挺大，正如源藏所说，是个肤色白皙、容貌姣好的小姑娘。至于她的右眼有没有问题，长三郎辨别不出。

"依旧没有你爹的下落？"源藏在外廊坐下，问道。

阿冬神情哀戚地默默点头，接着看见源藏身后还站着个未剃刘海的武士，慌忙垂眼。

"这位是瓜生少爷，是前几天过世的黑沼老爷的邻居。"源藏向她郑重地介绍长三郎，"他说想找你爹问个事，我便带他过来了。可既然你爹还未回来，那也没法子。"

阿冬依旧低头沉默。此时，一阵流丽的黄莺鸣声远远地传进了院子里，只是不知是野生的还是家养的。这一带虽属江户，但春季十分恬静。抄纸场空地上方悠悠地飘着一只小孩放的纸鸢。源藏回头望着那风筝，又道：

"不过，唉，总会有消息的。即便遇上了神隐，大抵十天半个月便回来了。你不要太伤心。"

不知这一通安慰能否让阿冬满足，她依旧沉默不语，只是时不时地抬眼偷偷瞧一下年轻武士的脸。源藏看了她一眼，出声问道：

"小冬，能否借火点个烟？"

阿冬这才回过神来，起身往烟草盆里加了些炭火。源藏取下腰间烟袋，吸起烟来。

五

长三郎目睹了藤助一家的情况，认为已没必要再查探下去，便使了个眼色催促源藏离开。于是源藏快速收拾好烟袋起身。

"那小冬，我回头再来。"

阿冬微微点头致意。明明不是哑巴，为何一直不说话？长三郎虽有疑惑，但也没多挂意，走了出去。源藏也跟着出来。

"那丫头真是可怜。"

"是啊。"长三郎也同情地说。

"您可还有别的事？"源藏问。

"不，我要回去了。繁忙之时麻烦你，对不住。"

"哪里哪里……我们铺上近来也闲得很，每天都无所事事。我们这行只有年底忙，一到正月就没生意。"

"确实。"

说着，长三郎不经意间回头一看，发现阿冬正站在巷口。

她嘴里抿着濡湿的围裙的一角，一只眼若有深意地一直打望着这边。源藏也有所察觉，回头一看，但什么也没说。阿冬目送两人在大街中央分别，不久便调转足尖返回巷子里。

长三郎回家之后一五一十地禀报了一切，父亲长八只是默默点头。藤助究竟是被人杀了，还是会在某天平安无事地再度出现，如今也只能顺其自然了。长八吩咐儿子日后仍要不忘打探藤助的生死。

长三郎笔直地坐在玄关边狭窄的三叠房的桌子前，应下父亲的嘱咐之后，他膝行退下，回到自己房间，再次思考起藤助的下落。

藤助究竟活着还是死了？长三郎忽地想起了案发当夜藤助的异常。他一介巡夜人，看见附近御贿组的武士离奇身亡，照理应当非常惊恐，但他却非常镇定。与其说镇定，不如说是冷淡。好像只是因为长三郎焦急地使唤他，他才无可奈何地行动。长三郎想，这里头或许有什么蹊跷。

藤助受长三郎催逼，不情不愿地去叫大夫，回来路上便失了踪。此外，当时黑暗中曾有人撞上长三郎并唤住他。那人是谁？当时自己心急，没怎么给他回应，但他或许也与此事有关？长三郎又想，又或许是他抓了藤助，甚至杀了藤助并藏匿了他的尸体？只是一切发生在黑暗之中，长三郎一点也没看见对方的长相与打扮。

长三郎将黑沼传兵卫之死、藤助下落不明和黑暗中的奇怪男子三件事连在一起冥思苦想，可惜他涉世未深、缺乏经验，没能找出足以解开谜题的头绪。

午后，隔壁的黑沼幸之助来访。

"此番给您添了不少麻烦，实在感激不尽。"他郑重地向长八道谢。

虽然组内还有其他人，但瓜生家与黑沼家是邻居，是多年的老交情，这件事中又是长八出力最多。于情于理，幸之助确实应该最先来向长八道谢。

"哪里，你也累了吧？"长八微微点头道。

无论哪户人家，办葬礼都是很烦琐的。何况幸之助突然成婚进门，不知家中情况，甚至不认识几个组里人，更是劳心伤神。长八心知这点，非常同情，故而他慰劳幸之助倒也不全是客套。

"多谢您。托您的福，总算顺利平息了事态。"幸之助再度致意道。

"你夫人……"

"仍旧躺着。"

阿胜抱病期间惊闻父亲遇害，当即与母亲赶赴现场不说，第二天也强撑着起身料理家务，导致病情愈发严重。之后在母亲阿富和新婚幸之助的照料下卧床养病，甚至未能参列父亲的葬礼。想到黑沼家又是办葬礼，又是有人生病，忙得脚不沾地，长八愈发同情。

"明天便是头七前夜，敝舍准备办个简易法事，聊表寸心。倘若不麻烦，届时还请您夫妇二人携令郎列席……"

"你太客气了。我们一家定会过去上香。"长八回答。

如此，正式的问候结束，女儿阿北端茶进来。虽然交情尚浅，但主客之间已融洽地交谈起来。

"您知道吗？护国寺前一事……"幸之助目送阿北离去的背影，压低声音道。

"护国寺前……出了何事？我不知情。"长八边喝茶边问，"难道白蝶又出现了？"

"正是。"幸之助点头道。

"嗯？那白蝶当真出现了？"

"听说护国寺前……东青柳町 [1] 有个叫野上左太夫的旗本……我刚来这里，不清楚情况，据说是三百石的宅邸。昨夜五刻（晚上八时）过后，大塚仲町 [2] 附近两个平民经过野上宅邸门前时，遇上了那只白蝶……"

---

[1] 东青柳町：今东京都文京区音羽二丁目、大塚二丁目一带。

[2] 大塚仲町：今东京都文京区大塚三、四丁目。

"嗯……"

长八低吟着叹了口气，望着对方的脸。幸之助继续往下说。

那两人是大塚仲町一家叫越后屋的米铺的老板娘和小学徒。他们经过野上宅邸门前时，一只蝴蝶从黑暗中飞出，翩翩飞到妇人眼前。妇人吓得张口结舌，当场晕厥。小学徒束手无策，正急得团团转，幸好有人路过，小学徒便与路人一起将老板娘抬到了附近岗哨。小学徒左等右等，老板娘终于悠悠转醒，然而她这一觉醒来却云里雾里不知身在何处。她说，自己眼见着大白蝶扑面飞来，立刻如坠梦中，至于之后发生了什么便全无印象。

以上都不过是世间流言，幸之助认为道听途说不能尽信，只是出现在这个故事中的白蝶引发了他的联想。说完此事后，他又道：

"我在京桥老家时就曾听过白蝶传闻，听说八丁堀的差役们也在暗中调查。这么看来，这传闻果然是真的。"

"应当是真的。"长八颔首道，"毕竟我家女儿也说见过。你父亲 [1] 去世当晚，我儿子长三郎也说见过类似白蝶的东西。市川屋的手艺人也说见过。既然不止一个人看见了，那便不能说毫无根据。"

虽说如此，但白蝶频频凭空消失又凭空出现，长八也无法道尽个中奥秘。幸之助也不明白。这便是所谓的"理外之理"。当时的人相信大千世界无奇不有，并不会强行解释此事。若强求辨明其正身，兴许又会如黑沼传兵卫一般惨遭飞来横祸。长八认为多一事不如少一事，还是不要主动掺和进去为妙。

基于如此见解，长八已告诫过儿子长三郎，如今又委婉透露给幸之助，暗示年轻武士不要冒险。幸之助乖乖受教。

幸之助回去后，阿北悄声对父亲说：

"东青柳町又出现白蝶了？"

---

[1] 此处指黑沼传兵卫。由于幸之助以婿养子的身份进入黑沼家，因此黑沼传兵卫是他的养父兼岳父。

"你在偷听？"长八有些不悦，"偷听可不好。"

阿北涨红了脸，默然不语。

第二天晚上便是黑沼头七前夜，长八夫妇和长三郎出席。其他还有十五六名客人，大多都已听说东青柳町的传闻，还有人猜测是切支丹的魔法。由于今夜祭典的死者与怪蝶有关，众人在遗族面前有所顾忌，却又经不住好奇多次提起白蝶传闻。长三郎挨过父亲的严厉责骂，加之年纪小不好插嘴，所以一直沉默，但一直竖着耳朵倾听众人议论，生怕听漏一句话。

之后平安无事地过了半月有余。进入草长莺飞的二月天，春花在路边次第吐蕊，蜂围蝶阵，接连几天都是一派烂漫旖旎的光景。十二日午后，长三郎奉父亲之命前往牛迂拜客，在主人家多待了一会儿，归家时已日薄西山。他走到江户川桥头时，草履带断了。

虽已离家不远，但这样不方便行走，长三郎便靠在桥栏杆上，掏出手纸捻成条状应急，正换着草履带时，耳边传来了人声。长三郎觉得耳熟，抬眼一看，两名男子正边聊边往音羽方向走。其中一人状似武家宅邸的仆从，另一人是町人打扮的瘦削男子。光凭背影，长三郎没能认出两人是谁，只是刹那间想起了一件事。

"啊，是那时候的声音。"

当初他急于报告黑沼传兵卫的死讯，在黑暗中奔跑时撞上的那名可疑男子便是这个声音。长三郎回想起此事，心脏重跳了一拍。

两人已经走过，辨不清那到底是武家仆役的声音还是町人的声音。但长三郎想，其中一人必定是那天晚上的那个男人。只是不巧他的草履带断了，无法立即尾随而去。就在长三郎烦躁地咂嘴时，两人头也不回地过了桥。

等长三郎迅速穿好草履带时，两人的背影已在小半町开外。长三郎紧盯着两人，快步追了上去。他来到音羽大街，快到音羽九丁目街角时，看见一名女子正站在路边，似乎在等人。那女子好像就是在等长三郎，一见到他便小跑过来。长三郎下意识停住脚步。女子正是巡夜人之女阿冬。

"前阵子失礼了。"阿冬小声问候。

接着,她默默指了指背后横巷。长三郎不明所以,便顺着她手指的方向望去,只见巷内寺门前站着一对男女。

日头刚落山,天色只暗了七分,薄暮冥冥,眼力好的,站在远处也依稀能辨认出那两人的身姿。长三郎一惊,原来那男子是黑沼幸之助,而女子正是自己的亲姐姐阿北。他心中升起一阵不祥的预感,向前跌了两三步,再度紧盯着巷子里的二人。

幸之助和阿姊为何这个时辰在这种地方徘徊?难道是中途偶遇闲聊?抑或是约好在此见面?若是前者,那无可厚非;可若是后者,事情则非同小可。幸之助已是黑沼家的婿养子,虽然还未举行婚礼,但已有阿胜这个发妻。可这个幸之助现在却与自己的姐姐私会……此事万一属实,风声走漏出去,两人会成什么样?届时必定少不了一场乱子!

长三郎忧心忡忡,远远望了一会儿。此时,

阿冬又告状般悄声道:

"那两人最近时常……"

"不只今天?"长三郎愈发不安地问。

阿冬点点头。长三郎顿时寒毛直竖,仿佛突然被人掀起了衣角,傍晚的寒气尽数灌在后背上一般。他本是跟踪仆役和町人而来,谁知半路上却撞到这等大事,他怔怔地望着横巷,早将跟踪一事抛之脑后。阿冬站在长三郎身侧,偏头望着他忧虑的面庞,以及随着晚风轻轻摇曳的鬓角碎发。

目白不动堂敲响傍晚六刻的钟声。幸之助和阿北好似被钟声所惊,倏然分离。阿北留下男子,独自一人快步折返。长三郎害怕姐姐发现自己,也匆匆离开。

六

"细细一想，的确可疑。"

回到家中，长三郎又陷入思索。黑沼家的女儿阿胜还未痊愈，葬礼之后依旧卧病在床。阿姊几乎每日都前去探望。当然，两家是近邻，素来走得近，故而父母和长三郎都没觉得奇怪。但照今日的光景来看，阿姊每日去探病似乎别有所图。

幸之助虽已入赘，但因阿胜生病，两人还未正式举行婚礼。阿姊每天去黑沼家，与幸之助熟稔起来。而且照阿冬的说法，两人时常在目白阪下的寺门前相会。长三郎虽然认为姐姐绝不会做出格的事，但他也无法找理由给姐姐开脱。君子不立于危墙之下，姐姐频繁与幸之助私会，不啻于给两家招祸引灾。

此事不能贸然告知父母。长三郎想，无论如

何，有必要进一步确认事情真伪，于是决定先保持沉默。不久，阿北也回来了。她说自己去了音羽大街上买东西。

长三郎想，既然是去音羽大街买东西，那就没必要特意绕到横巷寺门前。阿姊对他撒了谎，她的行动在他眼里便愈发可疑。

两三天后，长三郎吃完晚饭，照常去上夜学。路上看到一道熟悉的身影，借着朦胧月色，他认出那人正是邻居黑沼幸之助。他要去哪儿？难道又约了阿姊在上次的寺门前私会？思及此，长三郎压低足音，尾随其后。只见幸之助没有前往横巷，而是进了路边的狭窄巷子里。

巷子里是巡夜人藤助的家。他是要去藤助家，还是去别人家？长三郎又忍不住好奇，也跟着踏进巷子。由于此前来过一次，长三郎对这条路熟稔多了，他轻手轻脚地靠近藤助家的大门，伸长脖子往里窥探，也不知是故意还是偶然，屋里灯光忽然熄灭，屋里、院里顿时黑漆漆一片。黑暗中传来女子的声音。

长三郎听出那并非阿冬的声音时，又觉得奇怪。女子音量虽低，但说得很用力，内容断断续续传到外头。

"没见过比你更无情无义的人，你给我记着！"

幸之助似乎哄了几句，但说得太轻，听不清楚。不久，女子的声音再度传来：

"不，不……我不会一直被你骗！不，不行！像你这样的人……不，不要。我不会轻易罢休的，你死心吧……我死了也罢……我一定会杀了你……"

长三郎大骇。那女子究竟是谁？为何如此怨恨幸之助？他敛息静听，那女子又似威胁般说：

"只要我一开口，你的命就没了，这你不是一直都知道吗？你去黑沼家当婿养子，姑且算是无可奈何……却还勾引邻家的女儿……不，我都知道！"

幸之助似乎又找了说辞，但依旧听不清。长三郎有些急躁，正想凑近一两步，到外廊边上，岂料有人在昏暗处扯了扯他的衣袖。长三郎讶然回头，那人好像是阿冬。

"别靠近。"女子小声说。

果然是阿冬。

长三郎被她突然搭话，有些迟疑。此时漆黑的屋内又传出有人走动的声响。阿冬再次拉扯长三郎的衣袖，硬将他拉到桃树背后。接着，有人走到外廊。那人似乎在黑暗中也行动自如，穿上木屐便往外走。长三郎透过月光一看，是个穿着整洁的瘦削女子。就是这个女人怨恨幸之助，恐吓了他？长三郎正思索着，女子的身影却已如幽灵一般消失在巷外。

长三郎和阿冬默默目送她离去。不久，又有一人静静走下外廊。幸之助心事重重，拖着无力的步伐离开。长三郎下意识想要跟上去，却又被阿冬拉住。

"别去。"

长三郎不知她为何要阻拦自己。阿冬似要点醒他一般悄声道：

"他们很可怕。"

如何可怕？长三郎依旧不明所以。但那个女人说她一句话便能让幸之助没命，这里头或许藏了什么可怕的秘密。

"为何可怕？"长三郎问。

"就觉得他们很可怕。我爹可能就是被他们杀了。"阿冬压低声音，靠向长三郎。

刹那间，又有一个黑影突然出现。虽然在黑暗之中没能看得太清楚，但长三郎瞧得真真的，有一个町人打扮、蒙着头巾的男子如猫儿一般从外廊下爬出，快步溜了出去，动作当真敏捷如猫。

长三郎十分惊讶，阿冬似也颇感意外，吓得缩成一团，还不忘紧紧搂住长三郎。虽然屋里一片漆黑，外头却有朦胧月光。长三郎借着月光一看，发现男子背影竟然很像自己前阵子在江户川桥头遇上的町人，心中又是一阵诧异。他下意识地推开阿冬，拔腿去追那个男人。

借着月光看去，女子正沿着大街往北走。幸之助尾随而去。那町人打扮的男子又跟在幸之助后头。时候还早，大街两侧的商家都还开着，道上有零星几个行人正在悠闲地散步。碍于此，幸之助没有直接追上女子，町人也拉开了相当大的距离跟在幸之助后头，长三郎则依葫芦画瓢，远远跟着男子。

女子中途左拐，走进没有灯光的横巷里，左右两侧都是庄稼地。到了这里，幸之助立即快步追到女子身后。女子理应听见了脚步声，但她不急着走开，而是静静转过身来，与幸之助接着吵了起来。

町人见状，悄悄趴在庄稼地里偷听，长三郎也在旱田里选了块地方趴着。少顷，女子推开幸之助，走出了两三步。幸之助紧追上去，揪住女子衣襟，也不知是要拽倒她还是掐她脖子，两人互相逼视，无声地对峙起来。

町人从田中跳起，飞鸟一般扑了过去。两道身影一惊，立刻分开。女子慌忙想逃。町人跑过去想抓住她，却被幸之助拦住去路。两个男子扭打在一起，女子趁机逃之夭夭。

眼下这场面乱作一团，他该帮谁？长三郎一

时也有些迷茫。若是以前，他自然会帮幸之助。可如今他无意间撞破了幸之助的另一副面孔，这人变得陌生而可怕，不再是他以前认识的幸之助。对未知的迷茫和恐惧削弱了长三郎的行动力，束缚住了他的手脚，令他不知所措，他一度起身，却只是愣在原地屏息静观事态发展。不多时，町人草履一滑，整个人跪倒在地。幸之助趁机推倒町人逃之夭夭。男子立刻跳起来追上前去。幸之助则跳进田里，慌不择路拼命奔逃。追人者和被追者都消失在榉树林中。

长三郎一头雾水，不知究竟发生了什么。他已没有循迹跟踪的力气，只是呆立原地。但从方才的行动来看，那町人并非等闲之辈，很有可能是八丁堀同心手下的捕吏。那女人刚才还语出惊人地威胁幸之助，这样一想，或许他们犯下了什么重罪，被捕吏跟踪盯上了？

虽然不知道那名女子是谁，但幸之助就住在自家隔壁，朝夕相处。这样的人居然可能身背命案，更要命的是，自己的姐姐还与他不清不楚。

如此一想，长三郎顿时脸色一沉。他已没心思再去上夜学，直接回了家。

他没有将今晚的事告诉父母。虽然想暗中告诉父亲，无奈家里并不宽敞，万一被阿姊偷听到就麻烦了，故而当晚他瞒着此事睡下。

好不容易等到天亮，长三郎找到黑沼家的婢女阿安打听，得知幸之助昨晚并未归家。不知他是没能逃脱捕吏的追捕，还是侥幸逃脱后躲了起来，总之长三郎觉得，事情不会就此尘埃落定。

父亲长八前往江户城上值去了。长三郎和往常一样出门练习剑术，晌午时分回家时，母亲阿由边吃午饭边道：

"听说隔壁幸之助昨晚没回来。"

"不知出了什么事？"长三郎佯装不知，问道。

"兴许和朋友一同出门玩去了。"阿由笑道，"虽然他才来这里不久，但听说他在京桥那边有许多朋友。据说御纳屋的人大多爱玩。"

"他入赘黑沼家还未及一月就夜不归宿，不妥吧？"

"当然不妥……"阿由点头道，"不过他虽然做了黑沼家的女婿，阿胜却是那个样子。他一定是受友人邀请，上哪儿玩去了。"

姐姐阿北和妹妹阿年都在一旁吃饭。交谈期间，长三郎偷偷打量姐姐的神色。也不知是否是他多心，阿北的脸色似乎有些惨白。

当天傍晚，阿北也失踪了。

七

"今儿天气真好。"一名二十四五岁的俊俏妇人道。

"嗯，初午和二午[1]庙会都热闹得紧。我早晨泡澡回来的路上去看了一眼，稻荷神社一大早就熙熙攘攘的。"三十二三岁的丈夫回答。

"既然这样，我也得赶紧去神社一趟，供些神酒和供品。"

妇人重新绑了绑腰带，开始准备出门。这对夫妇便是住在神田三河町的捕吏吉五郎和妻子阿国。阿国让婢女拿上神酒和供品，前脚刚一出门，后脚便有名男子从后门进来。

"头儿，您在家吗？"

---

[1] 二月第一个和第二个午日。这些日子会举行稻荷神社的庙会。

正巧家中没有小卒传话，吉五郎便在长火盆前扬声答道：

"阿留？进来吧。"

"头儿早。"

小卒留吉进屋。

"其他人不在，我就不给你另生火盆了。你上这边来。"吉五郎让留吉在长火盆对面坐下，立刻小声道，"如何？那件事……"

"实在丢脸，前几天晚上出了岔子……"留吉挠着鬓角道，"不过头儿，我心里已大致有数。通缉犯阿龟最近改名为阿近，正躲在音羽一个叫佐藤孙四郎的旗本府上！"

"佐藤孙四郎……是个小旗本吧？"

"虽说如此，家禄也有四百石……他去长崎当了三年差，去年秋天刚回来。不久之后，阿龟化身的阿近便进了他家宅邸。"

"你听谁说的？"

"我从宅邸仆役嘴里套出来的。兴许她因犯案心里有愧，听说时不时会给仆役们一些零花钱，故而在仆役之中名声不错。"留吉笑了几声，随即皱起眉头，"我只查到了这些，之后的事就不知道了。阿近有个情郎，好像是前不久刚入赘音羽御赐组黑沼家的年轻女婿幸之助。"

"他老家在哪儿？"

"他是白鱼河岸御纳屋吉田家的二儿子。"

"阿近和幸之助跟那桩白蝶案有牵扯？"吉五郎又问。

"难就难在这里。"留吉再度挠挠鬓角，"我主要追查白蝶案，阿近和幸之助原本只是细枝末节，谁知竟挖出了意想不到的内情，反而吸引了我的注意……照目前来看，那两人与蝴蝶一事好像有关，又好像无关……头儿，您怎么看？"

"我也暂时难以判断。"吉五郎徐徐抽着烟草，"还有，那个巡夜人藤助怎么样了？还没回来？"

"还没有。我觉得这人倒的确与蝴蝶有关……只是没个头绪。"

"查案抓人总要靠摸索，必须冷静下来思考。"

吉五郎继续吸烟。留吉也掏出烟管。头儿和

小卒无言对视了一阵，外头传来一阵午祭[1]的嘈杂鼓声。

"那晚之后，幸之助就没回过家？"吉五郎抽着烟问道。

"他好像也没回家。"留吉回答，"他差点被我抓住，应该是躲起来了。"

"但幸之助毕竟是个武士，与巡夜老头身份不同，也不能一直躲着，否则整个家门都要没了。黑沼家真是招了个不得了的女婿。他会不会躲在白鱼河岸老家？"

"我也这么想，今早便去暗中打探了一番，但并未查到踪迹……不过我会继续留意。"

"那就看你的了。"

"是。"

"如果忙不过来，我找个人帮你？"

"算了。"留吉思忖着说，"人一多反而不好办事。我再单枪匹马努力一阵。"

---

[1] 午祭：午日稻荷神社庙会的祭典。

那口吻似乎是不想被别人抢功。留吉匆匆离去。吉五郎又拿起烟管静静抽烟。不一会儿，他不知想到了什么，连忙敲掉烟管里的烟草起身。恰在此时，屋前传来拉开格子门的声音，阿国和婢女回来了。

"喂，帮我拿一下衣服。"

"你要去哪儿？"阿国问。

"嗯，方才阿留来了，有件事不能全交给他做，所以要出门一趟。"

吉五郎快速换好衣服出了门。

事情发生在这天午后。

旧历二月中旬的春日，空中紫气氤氲，似蒙了层淡紫的薄纱，即使近如骏河町[1]，也无法坐地直接望见富士山。一个扎着头巾的年轻男人自日本桥鱼市风风火火地走出来。男子似乎是零屋铺的年轻伙计，青竹篓里装着一条大鲷鱼，顶在脑袋上。他在人流中穿梭前进，走在日本桥上匆匆

----

[1] 骏河町：今东京都中央区日本桥室町一、二丁目。

往南面走。正走过长桥中央时，不知为何突然停住脚步，转眼之间将头上的鱼篓夹在腋下，跨过栏杆扑通一声跳进了河里。过往行人大吃一惊。

朝气蓬勃的鱼市伙计为何突然从日本桥跳河？不明就里的众人惊慌失措，唯有一人猜到了原因，那便是神田三河町的吉五郎。

吉五郎想，年轻伙计之所以跳河，大抵因为手里拿着鲷鱼。德川家有名为"御纳屋"的公役，掌管将军膳食所需的鱼类、蔬果。他们皆有自己专管的范围，光鱼类就分银鱼、香鱼等不同种类的御纳屋。他们有一种特权，看见好鱼便可即行征收。只要御纳屋的公役指着某条鱼说"公家征收"，鱼贩再不乐意都只能乖乖将鱼奉上。鱼钱也不知会不会给，通常是被白白拿走。正因如此，河岸商家非常惧怕御纳屋的人，对其十分戒备。

那名伙计或许是害怕鲷鱼被夺走，抑或是不甘心被人仗着权势强取豪夺。不管怎样，这血气方刚的年轻人不愿这尾鲷鱼落入御纳屋手中，便与鱼篓一同跳进了大川中。他生长在河边，大约会泅水。况且现在是白天，他也不用担心淹死。因此吉五郎并不怎么吃惊。

比起跳河的伙计，吉五郎对逼迫伙计跳河的人更感兴趣。他望过去，只见不远处有个面相温和的武士，大概在四十岁左右，他似乎已经察觉到伙计跳河的原因，面含微笑头也不回地走了。

吉五郎返身追在武士身后。两人过桥来到室町一带，吉五郎小声唤道：

"嗳，嗳，今井老爷……"

武士闻声驻足。吉五郎在他面前微微躬身，郑重行礼。

"老爷，久疏问候。"

"原来是三河町的吉五郎。"武士又微笑道，"方才你看见了？看来我们实在是招人恨。"

他是在鲷鱼御纳屋当差的今井理右卫门。虽然他没做什么，但年轻伙计因为他而跳河，此事还被捕吏吉五郎看见了，今井理右卫门似乎有些尴尬，就自嘲地说自己的公职招人恨。对此，吉五郎轻轻揭过，直接进入正题：

"半路叫住您其实是想请教另一件事，还请见谅，敢问您是否认识吉田老爷？"

"吉田……白鱼河岸的那位？"

"正是。鄙人还想请问，那位吉田大人是否认识音羽的佐藤大人？"

"音羽的佐藤……"

"就是去年秋天从长崎回来的那位……"

"哦，佐藤孙四郎大人吧？我只见过他几次，但吉田似乎与他很熟。听说吉田夫人是佐藤家的亲戚……"

"啊，原来是亲戚？那是应该很熟……"

"怎么？你找佐藤有事？"理右卫门望着对方问道。

他知道吉五郎不是一般人，似乎起了几分好奇心。

"不，算不上有事……"吉五郎含糊其词道，"只是前几天路过佐藤宅邸，看见了吉田大人的公子……"

"是他家二儿子吧？据说他紧急入赘御贿组的黑沼家，当了他们家的婿养子……"

"这事我也听说了。哎，在您百忙之中叫住您，实在抱歉。那我先告辞了。"

吉五郎再度礼貌致意后离开。理右卫门狐疑地目送他的背影，这个吉五郎大街上把人叫住，云里雾里地问了几个问题就走，不禁让他心里直犯嘀咕。吉五郎这厢却神清气爽，全因他抓住个大线索——吉田家与佐藤家竟然是亲戚。那句说在佐藤宅邸前看见了吉田家的儿子，不过是他灵机一动的托词罢了。

既然吉田家与佐藤家有亲戚关系，吉田家次子幸之助出入佐藤宅邸就不奇怪了。他与伊藤宅邸里那个叫阿近的女人关系亲密也就说得通了。只是，幸之助逃脱留吉的追捕后究竟躲在哪里？吉五郎认为必须查清这一点。

之后，吉五郎前往京桥，去了白鱼河岸的吉田家。当然，他不可能去大门前堂而皇之地求见，而是耐着性子在附近徘徊了一阵，等待宅子里的仆役或婢女出来，再以各种方式套话打听，但幸之助好像并未躲藏在老家。

"俗话说'灯下黑',兴许他就躲在佐藤家。"

吉五郎先回了神田家中一趟,吃过晚饭正想再度出门,正碰上留吉慌慌张张地进来。

"头儿,您要出去?"

"嗯,今晚打算去音羽盯梢。"

"那还好没错过,其实又出了件事。"留吉皱眉道,"黑沼家的女儿好像死了……"

"招赘的那个女儿?"

"对,名叫阿胜,今年十八。他父亲死后,家里火速招了幸之助进门做婿养子,但阿胜卧病在床,婚礼也便遥遥无期。没过多久,幸之助就离家出走了,再未回去。听说阿胜因为这个自杀了。"

"她是自杀?"吉五郎有些诧异。

"不知用的匕首还是短剑,据说她突然从被褥里坐起身,刺穿了自己的喉咙。"说着,留吉压低声音道,"更奇怪的是,黑沼家隔壁瓜生家的女儿阿北好像也离家出走了。"

"幸之助离家出走,准夫人阿胜自杀,同时邻家女儿也离家出走。祸不单行啊。那两个女子为何一个自杀，一个出走？你可知道原因？"

"毕竟是武家集体住居里的骚动，很难弄清详情，光打听出这些就不容易了。"

"也是。"吉五郎颔首道，"知道此事后更不能置之不理了。辛苦你再跟我跑一趟。"

近来日头渐长，两人相伴离开神田时，夕阳依依不舍地从西山落下。奈何天公不作美，刚送别落日，远处就聚来几片浓重的乌云，半空中打南面吹来了夹带着湿气的暖风。

"今晚天气不妙。"

"这天的确不妙，兴许要下雨。"

两人仰望着昏暗的天空，匆匆赶往音羽方向。途中风越来越大。

"那个叫黑沼传兵卫的武士当时死在哪里？"

"就在那边寺院门前。"

吉五郎往留吉指着的方向看去，突然失声叫道：

"啊！蝴蝶！"

"嗯！是蝴蝶！"

两人慌忙拔腿追赶白影。

八

吉五郎和留吉争先恐后地奔向黑暗中飞舞的蝴蝶，前者领先一步。他从怀里摸出折了两折的手纸，啪一声往蝴蝶打去，白影顿时消失。

"我明明打到了……"吉五郎仔细寻找四周，但因没拿灯笼，没在漆黑地面上找到任何东西。

"我去那边买蜡烛。"留吉似乎很熟悉当地，立刻拔腿而去。

寺门前有五六家小商铺，大门虽已关闭，但门板之间有灯光漏出。留吉叩开其中一家杂货铺买蜡烛。因怕蜡烛被风吹灭，他又借了盏小灯笼。

两人借着灯笼的亮光在附近地面寻找，却哪里都看不见类似蝴蝶的白影。吉五郎咂了声嘴："没办法，风太大，兴许被吹跑了，总不可能凭空消失吧。"

话音刚落，留吉忽然大叫：

"不，还飞着呢！在那边……"

只见那白蝶正在三四间距离外飞舞。吉五郎见状，又咂嘴一声道：

"畜生，竟敢耍我们！"

两人立刻飞奔过去，结果蝶影凭空消失了。

留吉提着灯笼四处照，没瞧见类似的影子，急躁地在黑暗中乱转。吉五郎也如猫头鹰一般瞪大双眼，在黑暗中四处寻觅，但仍是徒劳无功。

寺院空门前，两个大男人摸着黑跑来跑去，四处奔走，不像是在追赶蝴蝶，倒像被狐精迷了眼。但两人眼下无暇考虑这些。

"真会戏弄人！讨厌的东西！"留吉喘着气道。

吉五郎也停下脚步，叹了口气。

他们再怎么心焦气躁，怪蝶都已不见踪影。两人只好死心，面面相觑。

"头儿，怎么办？"

"没法子，应该还能在别处撞见吧。"

"那接下来怎么办？"

"嗯，照我看……"说着，吉五郎猛然回头，"阿留，抓住那个！"

留吉一看，背后的寺院篱笆下正蹲着一个猫狗般的小影子。留吉将手中的提灯递给头儿，立刻反身去抓。影子跳起来要往漆黑的坡道上方逃窜，被留吉扑过去按住。留吉借着吉五郎举过来的灯笼一照，点头道：

"嗯，原来是你。前阵子我就觉得你古怪。"

"你认识这女子？"

"她是巡夜人藤助的女儿，叫阿冬。"

"巡夜人的女儿？"吉五郎也点头道，"我也正想查一查她呢。"

"要不要将她押到警备所？"

"不，那样太显眼了。我就在这儿审。你把着灯笼去大街上望风。"

吉五郎抓过阿冬的手腕，将她拉到寺门前。由于正面迎风，两人便蹲到一旁的篱笆前。

"你为何这个时辰躲在这里？"

阿冬不吭声。

"我们是有捕棍的人。在我们面前隐瞒实情对你可没好处。"吉五郎故意恐吓她，"你爹呢？还没回来？"

"是。"阿冬细声回道。

"当真没回来？不会藏在那边的叫佐藤的旗本府上吧？"

阿冬仍旧不吭声。

"你应该知道实情，因为你爹大约已托一个叫阿近的女人告诉过你，他眼下因故躲在佐藤宅邸，叫你不要担心……你还想嘴硬？还有，那个叫阿近的女人应该时常偷跑到你家，与黑沼家的女婿幸之助幽会……你还不肯说？"

阿冬依旧默不作声。吉五郎微笑着轻轻拍了拍她的肩。

"你年纪不大，性子倒是沉稳。但我也不能只夸你。若你执意不说，我就不得不给你点颜色瞧瞧。你究竟为何来此？莫非你也有情郎，今夜来此私会？"

阿冬依旧执拗地一言不发。

"还是说，你跟踪我们，打算偷听？喂，为何一直不说话？"吉五郎再次伸手落在阿冬的肩上，轻轻拍了两下。

前面说过，正门前吹着猛烈的南风，吉五郎和阿冬是背靠篱笆并排蹲着。此时，突然有一只手从篱笆的杉树叶间伸出，在黑暗中一把抓住吉五郎后脑勺上的发髻，用力往后拉扯。因猝不及防，加之对方力道颇大，吉五郎不禁屁股着地仰面倒下。阿冬伺机起身，脱兔一般冲了出去。

留吉反应过来，慌忙跑去追赶，但被阿冬迅速打落手中的灯笼。她避开街上的灯火，跑上了黑漆漆的目白坂。

比起追赶阿冬，留吉觉得救头儿更重要，于是径直跑到寺院门前，发现吉五郎倒下的同时也牢牢抓住了对方的手腕。

"阿留，快抓住他！"

留吉了然，隔着树篱也抓住了对方的手臂，试图把他拉出来。那头的人挣扎着不肯出来。争斗间，两三株细小的杉木啪啪折断，里头的人终于跌了出来。虽然他拼命抵抗，但终究不敌两名捕吏，被按倒在地后又被迅速绑上捕绳，拉到了寺门前。

"天太黑了，看不清脸。"

两人叩开寺门借火点燃灯笼，留吉在灯光下看清了男子的面孔后点了点头：

"我就知道是这样。头儿，他就是巡夜人藤助。"

"原来如此。"吉五郎也点头道，"在这儿审问他，或许又会有人来碍事。还是把他带到警备所去吧。"

话音未落，果然有人出来碍事。一名蒙面男子大概是早早地便潜伏在寺门内，此刻突然跳出来，劈脸一刀，斩掉留吉的灯笼。

"他有刀！小心！"

吉五郎一边提醒留吉，一边摸出怀里的捕棍。留吉也掏出捕棍摆好了架势。蒙面男子二话不说又砍一刀。两人察觉对方是武士，不敢大意，便放开受绑的藤助，躲闪回避着对方迅速砍来的刀锋，空出手与他过上几招，结果男子不知怎的，突然收刀后退，向漆黑的坡道逃去。

两人刚想追上去，又觉得与其追踪逃跑的对手，不如先把抓到手的藤助带回警备所，于是不约而同地停下脚步，返身回到寺门前，却发现黑暗中已没了藤助的身影。留吉冲进寺里又借来灯笼，四处寻了一遍，果真没瞧见藤助。

想必蒙面男子出刀就是为了救藤助，而藤助则是趁双方缠斗之时躲了起来。但藤助绑着绳子，应该逃不远，很可能躲进了墓地里。于是留吉冲在前面，墓碑之间穿梭寻找，此时那白蝶竟又翩翩地掠过两人眼前。

"又来了！"

两人追逐怪蝶之际，留吉被脚边倒塌的墓碑绊住了脚，砰的一声横倒在地。

"当心！"吉五郎着急地唤了一声，留吉却没能立刻回应。

他摔倒时，侧腹似乎撞上了墓碑的台座，虽然没有就此晕厥，却只能躺在地上低声呻吟，爬不起身。吉五郎过去扶起他，发现他全身瘫软无力。

"阿留，怎么样？振作点！"

事情到此，追查蝴蝶排在其次，必须先诊治小卒，吉五郎就抱着留吉离开墓地，绕到寺院门口叫人，里头出来一个勤杂僧。方才留吉曾去借灯笼，所以勤杂僧也认识他。

"他怎么了？"

"在那边跌倒受伤了，麻烦借个火……"

吉五郎让留吉横躺在玄关，接过勤杂僧递来的灯火一照，发现留吉除了撞到侧腹外似乎还伤了左手。吉五郎亮明身份，请勤杂僧立刻去叫大夫。后者一口答应，遣了寺院男仆出去。

知晓两人身份后，寺院也不敢怠慢。不久，住持也从里头出来。他吩咐勤杂僧，将伤者抬进了看似书院的房间。

"半夜惊扰贵寺，实在抱歉。"吉五郎郑重地向住持致歉。

"不必多礼……"住持回头望向留吉，也礼

貌致意道，"不过两位为何半夜跑进墓地？可是有事？"

住持的语调虽平稳，眼里却藏着一丝戒备。这引起了吉五郎的注意。

他还是第一次见这位住持，只见他大概有四十五六岁，肤色苍白，身形瘦削，仪表威严。他是真不知情，还是另有盘算？吉五郎眼观鼻鼻观心，思索了一阵，片刻后谨慎地答道：

"是这样的。我们在追查巡夜人藤助的下落，今晚在贵寺门前发现了他的踪迹，一度抓住他并套上了捕绳，谁知还是让他逃了。我们便进贵寺墓地搜找，但四周实在太暗，我的手下被脚边倒塌的墓碑绊倒……"

"原来如此。我也认识巡夜人藤助，但他竟能在受绑的情况下逃走，看来比想象中大胆。敢问足下缘何缉捕藤助？"

"他自上月以来便行踪不明。"

"这我也听说了……这么说，藤助是做了什么亏心事才躲了起来？"

住持如此说道，不知是佯作不知，还是真不知情。吉五郎分辨不清，只好含糊其词。

"他有没有做亏心事，审问之后才能知晓。总之，只要是出逃之人，我们都须加以审问……何况他对外佯作出逃，实则在自家附近徘徊，如此行径不似清白之人，我们姑且将之缉拿，但他竟敢反抗，我们不得已才绑了他。"

"足下所言甚是……那依足下所言，那个藤助是躲进了敝寺墓地？"住持又问。

"方才说过，四下黑暗，我们也看不清楚，只是以防万一……"

"这么说，足下并不能确定他逃进了敝寺？"

此时，勤杂僧端来茶水与点心。住持又借机见礼道：

"请恕我无礼。其实我两三天前便染了风寒，正闭居养病。眼下请容我先行告退。两位在此好生休息……"

"在您抱病之际前来叨扰实在抱歉，请您不必多礼，歇息去吧。"

双方问候过后，住持便与勤杂僧一同起身离开。吉五郎目送两人离去，若有所思。方才一直没有开口的留吉也稍稍抬起行动不便的身子，低声对吉五郎说：

"头儿，那和尚不对劲。"

"你也发现了？"

"方才躺着时，我一直偷偷观察他的脸色。那和尚肯定有鬼。"

"事情越来越如我所料了。"吉五郎微笑道，"那和尚的确不是一般鼠辈。"

脚步声传来，两人急忙噤声，原来是勤杂僧领了大夫过来。

九

捕吏吉五郎与小卒留吉接连失手，先错失了首要目标白蝶，又让阿冬逃脱，复又让巡夜人藤助潜逃，后又让蒙面男子逃走，最后留吉还在墓地摔倒负伤。一夜之内接连失败，可谓倒霉至极。

然而，不仅他们倒霉，与此案有莫大关联的御贿组也是祸事不断。黑沼家的女婿幸之助刚一失踪，瓜生家的女儿阿北也没了影。幸之助离家出走，阿北也离家出走。虽然两家竭力压住消息，但此事好像还是从两家的某位婢女之口中泄露了出去，很快全组皆知。

尤其令人震惊的是黑沼家女儿阿胜之死。如前所述，阿胜自上月以来一直卧病，与入赘救急的幸之助只是名义上的夫妻，他跑了阿胜倒还没说什么，但在知晓邻家阿北也追随幸之助离家出走后，她抓着枕头哭泣。

"不甘心！"

母亲阿富很清楚这一句话里饱含的深意，但她没有确凿证据，无法公然质问瓜生家，只得先含糊地安慰女儿两句。岂料阿胜却趁母亲和婢女不在时再度起身，用剃刀刺穿了自己的喉咙。阿富发现时，女儿已不在人世。虽然女儿并未留下遗书，但她自尽的原因无疑尽数蕴含在那句"不甘心"中，阿富也愤恨得全身发颤。

虽然还未正式举行婚礼，幸之助已然是阿胜的夫婿，这一点全组都已承认，世人也都尽知。阿北与幸之助私奔，显然已与他私相授受。阿富决定，一旦她掌握确凿证据，就立刻向瓜生家抗议，还要向组头控诉，为女儿报仇。

然而不必阿富下此决心，瓜生家对此也必须有所担当。长八将妻子阿由和儿子长三郎叫到自己的起居室，低声道：

"事情严重了。幸之助离家，阿北出走。若只出了这些事，兴许还能暗中解决。怎料阿胜又为此自决，事情便麻烦了。虽然不知黑沼家会如何行动，此事终归不可能善了。我们也得下决心了。"

"什么决心？"阿由不安地问。

"我高低也算个武士，事情到此已别无他法，必须尽快找出阿北下落，杀了她……再提着她的人头去向黑沼家谢罪……否则便会落下治家不严的口实，危及我的处境。"长八叹道。

虽然隶属武士习气相对淡薄的御贿组，但只要瓜生长八还腰佩大小双刀，如此场合之下就必须有所担当。

"说起来，黑沼家不知会如何？"阿由又问。

"想必这次真要绝户了。"长八再度叹息道，"上个月时也是，那事若声张出去，黑沼家也很危险，只是姑且用传兵卫急病骤亡的名头保住了家门。此事组头也知道。谁知在这节骨眼儿上，又出了如今这事。婿养子出走，女儿又自决，已经回天乏术了。"

"早知如此，干脆上个月就让他们断绝，如今也不会发生这种事……"阿由牢骚道。

"眼下说这些也没用，终归是我们家女儿的错。幸之助有错，阿北也有错，如今只能各打五十大板才能息事宁人。我决心已定，你们也要心里有数。"

阿由默默拭去眼泪。长三郎也默默听着。之后，父亲转向儿子道：

"事情便如方才所说，只是我身负公职，无法撇下公务到处寻找你阿姊。你是家中嗣子，接下来便每日在江户市内搜寻，找出你阿姊的藏身之地。若中途遇见她，务必强行将她带回家。"

即便在当时那个时代，吩咐年纪尚才十五岁的儿子办这样的差事也多少有些勉强。可此事不可随意委托他人，长八也只能让儿子去做。长三郎对此心知肚明，故而无法拒绝。

"遵命。"

"不过……"阿由吩咐儿子，"你阿姊离家出走兴许别有缘由，与邻家的幸之助无关也未可知。你要记着这点，切不可太过粗暴。"

"你这是妇人之仁！"长八叱道，"她阿妹也

241

说见过两三次阿北与幸之助在后门交谈。阿秋虽然隐瞒至今，但也说时常看见两人谈话。如此看来，证据确凿！长三郎，你绝不可姑息！你虽然年轻，但剑术已有长进。万一幸之助从中作梗，拔刀威胁你，那你也拔刀砍他就是。"

虽然不知他内心作何感想，但作为父亲，他大约只能如此命令。

长八又告诉儿子四五个值得一找的地方。长三郎一一记下后告退，接着立刻准备出门。母亲给了他一些零钱，在他临走之际又悄声道：

"虽然你父亲那样说，但她毕竟是家中长女，也是你阿姊……"

长三郎默默点头，离开家门，悲哀地想自己当真领了个苦差事。当初寻找白蝶时，他自己是有兴趣的。但这次搜寻不仅毫无兴味可言，甚至可以说纯粹是一场折磨。

即便如此，他也振奋起精神出了家门。他眼下并无确切的目的地，便决定先搜索父亲告知的那四五处地方。这些都是母亲的亲戚家或者多年进出宅邸的商家，四散在江户的青山、高轮、本所深川等地。长三郎即便年轻力壮，这东奔西走的，要一家接一家地全部跑遍也不容易。

长三郎一圈跑下来，竟没获得姐姐的任何线索，不由得极其失望。姐姐没去过上述任何一处人家。

长三郎疲惫不堪，加之日头也快要落山了，他便决定在本所结束今天的搜寻。本所有他姨母在，长三郎去姨母家吃了晚饭，六刻半（晚上七时）过后出来，费了好一阵子才从本所深处回到音羽。不熟悉江户各处的他老老实实走过两国桥，顺着神田川走到饭田桥，随后沿江户川堤岸来到江户川桥时，时间已过八刻（晚上八时）。

天幕低垂，清风吹拂，似要下雨。长三郎拿着从本所姨母家借来的灯笼，循着昏暗的夜路快步往前，走到桥中央时猛然停步，因为他看见前方似有白蝶飞舞。长三郎一惊，定睛一看，白影已消失不见。

原来是看错了，长三郎兀自笑笑。

那蝶影或许只是他内心迷茫的映射，只是随后又有一道黑影出现在他眼前。长三郎透过水面反射的粼粼波光仔细一看，一个人影正摇摇晃晃自音羽方向走来。

长三郎警惕地举起灯笼一看，发现巡夜人的女儿阿冬正疲惫地趿拉着草履走来。

"阿冬？"

长三郎不由得出声唤住对方。阿冬锐眼朝长三郎一瞪，猛然转身要往来时方向逃去。由于她行动可疑，长三郎立刻追了上去。他并未想过抓住她之后要如何，只是觉得她一见自己就慌忙想逃的举动十分可疑。

不等疲累的阿冬逃远，长三郎便追上来扯住她的腰带结，将她拉了回来。她随之跟跄倒地。

"你为何逃跑？为何见了我就逃？"长三郎厉声问道。

阿冬不吭声。

"你要去哪儿？"

长三郎继续追问，同时用灯笼照着她，发现

阿冬右脚穿着草履，左脚却是赤足。一个独眼女子，又只穿一只草履，这里头似有内情，引起了长三郎的注意。

"你光着一只脚，草履呢？"

阿冬不吭声。

前阵子与花纸绳铺的手艺人一同造访藤助家时，阿冬便自始至终没有说话，今晚又是默不作声。长三郎有些急躁。

"喂，你为何不应声？莫非你做了什么恶事？"

长三郎抓着阿冬的手臂轻轻摇了摇，谁知坐在地上的阿冬突然紧紧握住男子的手。

长三郎虽然未成年，但已有十五岁。何况那时的人与如今不同，全都非常早熟。长三郎被她一握，脸有些热。

他没有挥开阿冬的手，踌躇了一阵。阿冬探过身来悄声道：

"我没有去哪儿。少爷……倒是您，去了哪里？"

这回换长三郎不吭声了。

"您在到处找人吧？"

被说中心事，长三郎心里有些发怵。

这女子究竟为何知晓自己的秘密任务？还有，她为何在这个时辰如此衣着凌乱地在这一带徘徊？长三郎被这个谜一般的女人握住手，沉默了好一阵子。

十

阿冬紧紧握着长三郎的手，继续低声道：

"您找到想找的人了吗？"

长三郎再次犹豫该如何回答，最终心一横说了实话：

"没有。"

"不如我告诉您？"

"你知道？"

"知道。"

"当真知道？告诉我。"长三郎狐疑地问。

"您要找的人……就躲在附近。"

"附近……哪里？"

"佐藤大人府上……"阿冬东张西望了一番，接着低声道。

"佐藤……孙四郎大人？"长三郎有些意外地

反问道，"你怎么知道？"

阿冬不答。长三郎凑近一步，又问：

"幸之助……和其他人都躲在那儿？"

长三郎没有明言自家阿姊的名字，试探道。阿冬摇摇头：

"不，只有黑沼家的女婿在那儿。"

长三郎颇感失望。当然，幸之助也是要找的，只是自己现在的任务是寻找姐姐的下落。听说姐姐并不在佐藤宅邸，他觉得好不容易找到的线索飞了。于是他再度确认道：

"唯有黑沼幸之助确实躲在佐藤宅邸，是吗？"

"是。"

长三郎急躁起来，最终还是提起了姐姐的名字。

"我阿姊阿北可与他在一起？"

"令姊并未与他在一处。"

"你可知我阿姊的下落？"

阿冬又陷入沉默。年轻的长三郎以为阿冬故意让自己心焦，急躁道：

"喂，你老实告诉我，求你！"

"您在求我？"

"求你，求你！"长三郎急道。

"那我也有事想求您……"阿冬几乎将脸贴上他的面颊，低诉道。

长三郎心一跳，顺从道：

"你的请求……我什么都答应。"

"那么，请您跟我来。"阿冬起身。

她依旧抓着男子的手不放。

长三郎不得不任由女子拉着他走，默默迈出脚步。这时，吹起的暖风突然卷起路上沙尘吹向两人。两人迎面撞上，慌忙用双袖遮脸，牵着的手自然而然松开，长三郎手上的提灯也险些被吹灭。

风还未停，阿冬似乎听见了什么声音，突然回头一看，接着迅速离开长三郎身边，如飞鸟一般往桥梁南端奔去。留在原地的长三郎目瞪口呆，也没力气再追上去抓人，只是呆呆目送阿冬远去。不久，北方传来草履声，一名蒙着头巾的男子自背后唤道：

"你可认识那女子？"

长三郎不知对方来历，站在原地瞪视对方。男子取下头巾，恭敬见礼道：

"我家住神田三河町，为公家做事，名为吉五郎。恕我冒昧，请问您是……"

长三郎无法再保持沉默。

"我是音羽御贿组住居的瓜生长三郎……"

"啊，原来是瓜生大人的公子。"

吉五郎仿佛恰好遇上了想见的人，亲昵地凑了过来。

"那女子是音羽巡夜人的女儿吧？"

长三郎点头。

"你们住得近，想必您早就认识她？"吉五郎又问。

"认识。"

"恕我多嘴，敢问两位方才聊了些什么？哎，我明白这问题失礼，但这也是为了公务，还请见谅。其实方才我抓住那女子，正稍加审问，结果有人从中作梗……"

话说一半，突然又来一阵猛烈南风，两人别过脸躲避。吉五郎似在风中发现了什么东西，慌忙走出两三步。原来是一只白蝶被风吹起，离开地面翩翩飞向空中。长三郎也看见了，不禁"啊"地惊呼一声。

"少爷，抓住它！"

吉五郎立刻去追蝴蝶，长三郎也一同去追。不巧此时又一阵强风袭来，蝴蝶白桥上斜飞出去，飘到了河面上。

"是不是落进水里了？"长三郎举着灯笼，遗憾地说。

"约莫是了。掉进河里就没办法了。"吉五郎也遗憾地探看水面，"不过少爷，您有没有瞧见什么？"

"瞧见什么？"

"那蝴蝶飞走时，您有没有瞧见什么？"

"没有……"

"是吗。"吉五郎微笑着点头。

刹那间，长三郎想起那怪蝶似乎并非从别处飞来，而是在附近地面上被吹起来的。因怪蝶是在黑暗中忽然飞起，长三郎自然无法确定，但会不会其实是落在地上的蝴蝶被强风吹上了半空？那究竟是活蝴蝶，还是死蝴蝶？抑或是阿冬将怪蝶藏在衣袖内，故意或偶然地让它掉落在地面？为了解开这些疑问，长三郎又反问道：

"你看见了什么？"

"没有……"吉五郎笑了。

捕吏学长三郎说话，态度似在奚落对方，让长三郎觉得有些可恨。他一定发现了什么，却故意不说。对方越是藏着掖着，长三郎就越想问个明白，此乃人之常情。更何况眼下这种情况，长三郎实在想知道其中的秘密，故而只好忍气吞声，乖乖问道：

"你似乎看见什么。若你真看见了，还请如实相告。因为我也在追查那蝴蝶……"

"是吗？"吉五郎微微沉吟道，"承蒙相问，但恕我无法相告。若您看见了也就罢了，但我无法主动告知。我说这话，您一定会认为我在戏弄您，但我们当捕吏的都必须这样做。只是，您又为何要追查那蝴蝶？"

"没什么特别理由，只是因为这阵子外头都在传……"

"只是这样？"吉五郎打量着对方的神色说，"其实还有其他缘由吧？"

"没有。"长三郎坚定否认道。

"没有就好……"吉五郎又意有所指地说，"说起来，令姊是否回家了？"

长三郎大吃一惊。对方不愧是捕吏，早已知晓自家姐姐离家出走的事。长三郎不知该如何回答。吉五郎忠告道：

"少爷，事情真相我已大致明白了，对那蝴蝶也心中有数。我的猜测是对的，所以近期一定会让真相大白，届时令姊的安危也会有着落。你们是姐弟，你要寻找阿姊下落自然悉听尊便，但请不要插手蝴蝶一事，交给我们处理吧。外行人插手此事，反而会搅浑局面……也请你将这些话转告令尊。"

未成年的武士自然算不过经验老到的捕吏，长三郎也无法继续发挥。

"你知道我阿姊在哪儿？"

"这倒不知，但我想，只要顺着线索追下去，自然会知晓。一旦知晓，我会立刻通知您。凡事并非争功才算本事，我定会妥善处置，不会对贵府不利，请您放心。夜已深了，今晚就此别过吧。"

吉五郎正打算离开，又折回来说：

"正如我方才所言，你们千万不要插手蝴蝶一事。否则一个不小心，恐怕会殃及你们的性命……"

吉五郎此话宛如恐吓。长五郎默默目送他离去的背影。

吉五郎那最后一句话并非单纯的恐吓。事实上，黑沼传兵卫便是在目白寺门前离奇身亡的。思及此，长三郎忽然感到不安，立刻警觉起来，总觉得有人正躲在某处伺机杀死自己。这么一想，他便眼观六路，耳听八方，连风声也不敢掉以轻心，赶紧提着灯笼回家。一路上，他琢磨了很多事。

今夜发生的净是些令人费解的事。阿冬的话也好，吉五郎的话也罢，长三郎都觉得似懂非懂。阿冬想带自己去哪里？吉五郎又找到了什么？长三郎都不清楚。他感觉自己被他俩弄得云里雾里。

由于他回家比预料中晚，父母都有些着急。见儿子平安归来，两人总算松了口气。长三郎向双亲汇报了今天的搜寻结果，说那几处都没有姐姐的行踪。父亲听罢，沉下脸道：

"这不孝女，净叫人为难。明日不上值，我也出去找。我还有其他线索。"

长三郎禀报了自己遇见阿冬的事后，长八皱眉道：

"这么看来，那个叫阿冬的女子知道阿北的下落？我起初也怀疑巡夜人，看来他果然牵扯其中。不过，黑沼幸之助竟躲在佐藤孙四郎大人府上。你打听到了个好消息。虽然不知个中缘由，但佐藤大人既然窝藏了幸之助，我们直接过去要人，对方恐怕不会乖乖交人，一定会装糊涂说不知道、不清楚。我们得想个法子让他们交出幸之助。在此之前，此事绝不可泄露出去。"

长三郎又禀报了吉五郎的事，长八又道：

"三河町吉五郎的名号我也听过。据说他的能力在捕吏同僚中堪称出色。既然他说已心里有数，想必会设法查明蝴蝶一事。如此一来，蝴蝶就不重要了，当务之急是尽快找出阿北和幸之助，了结我们这边的问题。"

长三郎也认为，父亲这么说是明智的。他搜寻蝴蝶不过出于好奇，还是寻找姐姐的下落更为紧要。长三郎与父亲商议好明日的搜查计划后回房睡下，但他毫无睡意。明知蝴蝶不重要，他还是在意得不得了。他将阿冬和白蝶联系起来考虑，试图解开谜团，结果还是徒劳无功。

就在长三郎辗转反侧之时，还有个人同样不肯入睡，那就是吉五郎的小卒留吉。他正躺在寺院某房间的衾被中，佯装熟睡的同时留意着寺内的动静。

十一

据大夫诊断，留吉的伤势万幸没有大碍。不过吉五郎还是恳请僧人让留吉在寺里过一夜，明早他再喊轿子来接。寺院虽有些不情愿，但碍于对方身份，无法断然拒绝，最终还是答应下来，这才送走了吉五郎。

之前费了那么多功夫，此刻再去墓地搜寻也没用，吉五郎死心地走了出去。返回神田途中，他在江户川桥上看见阿冬，又遇上了长三郎。吉五郎在那儿发现了什么，留吉自然不清楚，但他心知肚明头儿留他在寺院的意图。

"那大夫说得轻巧，其实压根不是那么回事。我手脚上的骨头都一跳一跳地疼，根本没法随意动弹。非得明天坐轿去找接骨郎中好好看看。"

留吉故意大声向和尚们抱怨，佯装痛苦地

皱眉。

和尚们为他铺好睡铺，他将盖被拉过头顶。留吉知晓自己有重任在身，决定彻夜不眠，静静等待夜深。目白不动的四刻（晚上十时）钟声传来，寺内鸦雀无声。

留吉前阵子就在这一带徘徊打听消息，知道这寺很大。建筑虽老，但修缮得当。寺内除住持外还有两名勤杂僧，一名小沙弥和一名年轻男仆，共计五人居住。他问了帮他铺床的小沙弥，得知住持名为祐道，勤杂僧分别名为善达、信念，男仆则叫弥七。

"先不提其他和尚，那住持的神色实在不对劲。"留吉躺着想。

外头风声大作，枕边的挡雨滑门也不时摇晃作响。院子里传来有人争执的声响。并非猫狗胡闹，确实是有人在打斗。

留吉爬出被褥，竖耳细听，外头的人打得气喘吁吁。他悄悄拉开纸门，爬到外廊隔着挡雨滑门偷窥。外面似有两人，从喘气声大抵能分辨是一男一女。两人没拿武器，而是空手扭打。

深夜寺院的庭院里，男子和女子喘着粗气揪打作一团。光是这样，事情就已不简单。留吉急忙爬过去，想透过滑门缝隙偷瞧，无奈滑门关得严严实实，外廊很长，收放滑门的栅柜又离得远，要爬到那边拉开滑门很不容易。无奈之下，他只好将耳朵贴在滑门缝隙上，凝神倾听外头的动静。结果那声音宛如被风吹散，俄然消停，外头除风声外什么都听不见。

留吉觉得很奇怪，心中莫名打怵。方才听见的声响仿佛是做了一场梦，那么激烈的争斗不可能瞬间安静。若有一方倒下，声音应该更大才是，如此突然没了声响实在古怪。而且自己听见的不是风声也不是树叶沙沙声，确确实实是人与人打斗的声音。

"怪了。"

他跪伏在外廊静听了一会儿外面的动静，奇怪的声响没有再响起。他只好死心躺回睡铺，意识却愈发清醒。

横竖留吉已决定通宵不眠，睡不着倒也不打紧，但今晚的事让他左思右想。那男子是谁？女子又是谁？为何在深夜的庭院里扭打？留吉只听见响声，没能看见正主，因此他虽然老练，但仍毫无头绪。

　　紧绷的心情渐渐松缓，留吉不禁在黎明前迷迷糊糊睡着了。再度睁眼时，挡雨滑门不知何时已然打开，晨光洒进窄廊。留吉忍着手脚的疼痛拥被坐起，发现枕边的烟草盆里已放入新的炭火。看来在自己熟睡期间，小沙弥来过了。他懊悔于自己的疏忽大意，抬起手，不太利落地抽了管烟。

　　"睡梦中没被人砍了脑袋算是万幸。"他兀自苦笑道。

　　原本寺院说要借留吉寝衣，但他拒绝了，因而合衣睡了一晚。他起身套上了外褂。因为在意昨晚的响动，他悄悄来到外廊一看，庭院已被打扫得干干净净，看不到任何扭打的迹象。即便如此，留吉还是趿拉上木屐，摇摇晃晃地下到院子里。

昨晚的风不知何时已停歇，今早艳阳高照。院子中央里的大樱树已然变粉，仿佛再下一场雨就要开出花来。小鸟在枝头叽叽喳喳地叫着迎春。仔细一看，那樱树下的陈年苔藓上还留着杂乱的足迹。确认那奇怪的声响并非自己多心后，留吉又独自笑着弯腰将附近检查了一遍，但没什么发现。

　　他忍着疼，正要走向墓地时不经意地回头一看，发现住持祐道正披着袈裟站在自己身后。留吉有些慌张地打了声招呼。祐道脸色苍白，含笑说道：

　　"伤口怎么样了？"

　　"托您的福，好多了。"

　　"那就好。还请您多加保重。如昨晚所说，我身染风寒，原本闭门不出，只是今早有个法事，不得不出门一趟。吉五郎施主若是来了，还请您代我问声好。"

　　"您慢走。"留吉礼貌致意道。

　　"那么，失陪了。"

留吉目送祐道离开了。目光跟随着和尚的背影，移到院子里的八角金盘上，留吉忽然瞧见其中的两三片叶子好像不久前才被折断。他凑过去一看，下层叶子果然断了，好像是被人用力扯掉的。留吉想，约莫是昨晚争斗期间，其中一人因某种缘故抓住了下层叶子。他又四下环视，发现折断的叶子里侧还挂着根白色线头。看来今早清扫的人也没注意到它。留吉捏起那根线头，迎着晨光仔细一瞧，只见线头长四五寸，是一种俗称"菅系[1]"的细丝线。

寺里不住女人，和尚有时也会拿起针和剪刀，因此这线头落在庭院里或许不足为奇。但结合昨晚那事，留吉怀疑这线头里可能有蹊跷，于是一边四下张望一边悄悄将它藏进了袖兜。

考虑到在院子里徘徊太久容易引起其他僧人的怀疑，留吉便爬上外廊，坐回被褥上。不久，

---

[1] 菅系：一根未经精炼的生丝不加搓捻而直接使用的丝线。

小沙弥来送早饭，问留吉能否起身。留吉便说手脚还不利索，想请寺院让他待到轿子来接。小沙弥一口答应，让他慢慢享用饭食，随后离去。

接近正午时，吉五郎领着轿子前来，向勤杂僧和寺院男仆致谢后便接了留吉离开。临走时，吉五郎包了些银钱塞给寺院男仆弥七。

"头儿，让轿子送我去不动堂吧。"留吉小声说。

轿子没去音羽大街，反而登上相反方向的目白坂，在不动堂门前停下。留吉让轿夫等着，自己在吉五郎的搀扶下走进大门。为了避人耳目，两人避开揽客的茶棚，来到撞钟堂石墙后。

"如何，阿留？快说说，有没有什么发现？"吉五郎裹着头巾，凑过脸问道。

"没打听到什么有意思的……但还是有一两个消息……"

留吉先说了有人深夜打斗的事，随后拿出那根线头。吉五郎看了一眼便笑出了声。

"哈哈，就是它，就是它。其实这种茔糸我也见过。"

"在哪儿见的？"

"江户川桥上……昨晚与你分开后，我冒着大风回去，在桥上看见了巡夜人的女儿。"

"阿冬为何在那种地方转悠？"

"她逃走后，不知怎么绕过去的，在那桥上与一个年轻武士交谈，一听见我的脚步声立马又逃了。"

"那武士是谁？"

"是御贿组的瓜生长三郎……前阵子离家出走那个阿北的弟弟。这个先不提，我与那武士谈话时，有一只白蝶飞了过来。"

"哦？白蝶又出现了？"留吉睁圆眼道。

"据我推测，它是从阿冬的衣袖里掉到地面，再被强风吹起……总之只能这么想。"吉五郎说明道，"我借着武士手中的灯笼亮光仔细一瞧，发现那蝴蝶上有一根细线……很细，看着像在发光，就是这种菅丝。那线应该是中途断了，只有七八寸长，但我看着确实是菅丝。"

"那蝴蝶呢？"

"本想抓住，结果被风吹到河里去了。那蝴蝶也不是活的，我想应该是用轻薄的纸、绢之类的东西制成的。能在黑暗中发光应该是在翅膀上涂了什么药剂。简单说来，就是类似妖怪的东西。"

当时有种小孩玩具叫"妖怪"，用磷制作。将之溶进水中，再用它往木板墙或仓房白墙画上幽灵或秃头妖怪，白天看不清楚，夜里便会发光，仿佛画上妖怪浮在半空。当然，这不过是孩子们幼稚的恶作剧，但也有不少人被吓到。胆小的妇孺之辈还是很讨厌这种"妖怪"的。吉五郎私下猜测，怪蝶之所以能在黑夜里发光，应该就是用了类似的手段。

"的确有可能，"留吉也点点头，"否则蝴蝶不会在冬天天气冷的时候出现。"

"至于那蝴蝶是怎么飞起来的……要让人造物飞起来，必须有人牵着线。我逐渐追查下去，发现那蝴蝶只在刮风的夜晚出现。这就更奇怪了。话虽如此，想让小小的蝴蝶飞起来，要用哪种线？

还是要用到某种机关？我想到了上野乌鸦风筝[1]，据此推测那蝴蝶用的大概就是这种菅系。你也知道吧？每年樱花季，上野都会卖那种系了菅系的纸鸢。因为通体灰黑，所以叫它乌鸦风筝。那风筝纸很薄，用的风筝线也是极细的菅系，因而没风的日子都能飞。想必这次的蝴蝶也是用菅系牵着，在刮风的夜晚放飞的吧。而且光挑没有星月的暗夜放飞，这样别人就看不到放蝴蝶的人，只有蝴蝶在发光……我猜就是这样的把戏。结果当真如我所料，昨晚的蝴蝶上系着菅系。你也在寺院庭院里见到了菅系。既然一切都对上了，那便不会有错。应该说，蝴蝶的真面目大致已清楚了。"

"对，对！"留吉再度颔首，"原来如此。头儿您说得对，妖怪和乌鸦风筝，这下案犯用的把戏就全清楚了。可玩这把戏的是……"

"大抵是阿冬。"

---

[1] 上野乌鸦风筝：乌鸦形状的黑色风筝，是江户时代江户上野黑门町的有名特产。又称"菅凧"。

"她为何要这么做？肯定不只是恶作剧……"

"自然不只是恶作剧。肯定是有人为了达到某种目的，指使阿冬干的。有人操纵阿冬，阿冬又操纵蝴蝶，所以我们必须顺藤摸瓜查到幕后主使。不过事情查到了这儿，也差不多算真相大白了。"吉五郎笑道。

"这么说，阿冬昨晚又去了那家寺院？"留吉又问。

"有可能，但也不一定。我还在琢磨……"

"可那里不是掉了菅丝吗？"

"此事并非只涉及阿冬，而是牵扯到一大群人，不能光凭一根线头就轻率断定是阿冬。"吉五郎又思忖道，"不过眼下先说到这儿吧。来都来了，顺便拜拜不动明王再走吧，虽然说'顺便'有些失礼。"

两人往正殿走去。

十二

头儿和小卒在不动堂门前分别。轿子载着留吉回了神田。吉五郎则裹着头巾来到音羽大街。小卒兼松正坐在花纸绳铺市川屋店头等人，看见吉五郎便小跑着凑了过来。

"头儿，好像发生了件新鲜事。"

"嗯，什么事？"

兼松回头微微挥手，手艺人源藏从铺里走了出来。在兼松的引见下，源藏郑重见礼道：

"我是市川屋的手艺人源藏。还请头儿多多指教……"

"我往后也得请你多关照。阿兼，你想让这位源藏帮我们什么忙？"吉五郎问。

"是这样的……"兼松压低声音道，"源藏说昨晚看见了奇怪的东西。"

"看见什么了？"

吉五郎转向匠人。源藏小声说道：

"昨晚我去了趟高田的四家町[1]，归途中走到目白坂下时，看见一对男女正站在寺院树篱前交谈。两人一见我的灯笼亮光便慌忙地躲进了寺里。大晚上的，又离得远，我没能看清是谁，但感觉那男的是巡夜人藤助，女子则是他女儿阿冬。阿冬暂且不提，前阵子便行踪不明的藤助竟在附近徘徊，还在大街上和女儿谈话，我总觉得有古怪，但那时并未做什么，径直回家了。今早我便去阿冬家确认了一下，发现阿冬不在，当然也没看见藤助，家里没人。"

"是昨天刚入夜时的事？"

"对，还不到五刻（晚上八时）。"

"还有另外一件事，你也说说。"兼松催促道。

"是……"源藏似乎有些困惑，顿了一会儿后才下定决心继续说，"我已五十岁了，兴许是上了

---

[1] 四家町：今东京都文京区关口三丁目。

年纪，比不上年轻人睡得香。昨晚耳边都是风声，我也横竖睡不好。大概是半夜吧，外头狗儿叫个不停。"

"嗯。"吉五郎专心地注视着他的脸，等他继续往下说。

"半夜狗叫并不稀奇，但昨晚叫得极其厉害。我有些着恼，便悄悄起身走出屋外，扒着滑门上的木孔往外看。外头一片漆黑，什么都看不见。但狗儿是在隔壁铺子前叫，里头还夹杂着人声。声音太低听不清，但应该是两个人在说话……"

"是男人的声音还是女人的声音？"

"好像是两个男人……"

"他们在说什么？"

"听不清楚……好像有一个人在说为什么不埋在寺里。"

"你对那声音有没有印象？"

"当时实在没能听清……"

"之后两个人如何了？"

"好像走了，狗叫声也越来越远。"

"往哪边走的？"

"桥那边……"

"除此之外，没别的事要说了吧？"

"是。"

"辛苦你了。往后若再发现什么，可否告诉我？"

"明白了。"

源藏似松了一口气，离开了。吉五郎望着他的背影，悄声对小卒说：

"这人看着挺老实。"

"他虽然会赌些小钱，但人还是老实的。"兼松回答，"头儿，照他方才说的，昨晚这一带似乎有人搬运尸骸？"

"嗯，我心里有些头绪。方才阿留那小子告诉我……喂，耳朵凑过来。"

吉五郎再度窃窃私语。兼松皱着眉频频点头。

"竟发生了这样的事。一对男女深夜在寺院庭院里扭打……这么说，那女的断气了？"

"大抵如此。"

"那女的是谁？阿冬？"

"问题就在这里。此案有阿冬、御贿宅邸那个离家出走的阿北，以及躲在佐藤宅邸的阿近，共计三个女人牵扯其中。虽然不知道死的是谁，但应该就是这三者之一。毕竟她们三个都有可能被杀。"

"可是，究竟是谁呢？"

"别老问来问去的，咱们干的不就是查案的活儿？"吉五郎笑道，"不过，照我看应该是阿近吧。毕竟那女子死到临头还一声不吭地与对方搏斗，性子肯定很硬。我虽然不知阿北的脾性，但就算是武家的女儿，在那种时候也一定会设法喊叫。阿冬看着也像个能扛事的，可毕竟还是个小姑娘，不可能和一个大男人打那么久。这么一来，阿近的可能性最大。"

"原来如此，很有道理。那头儿，我们接下来怎么办？"

"最好是闯进佐藤宅邸抓人，或者严审那个叫祐道的和尚。但一方是武家宅邸，另一方则受寺社奉行所的掣肘，我们都不能随便动手，真难办。

唉，只能耐着性子顺藤摸瓜了。首先要查清他们究竟是怎么处理尸体的。人是在寺里杀的，他们却不把人家埋进墓地，大约是怕日后成为证据。不知道他们是将尸体丢进了河里，还是找个不为人知的地方埋了起来。源藏说那两个男人好像往桥的方向去了。照这么说，他们或许是给尸体挂上重物，抛到江户川某个水深的地方去了。即便日后浮上来，只要尸体烂了，别人也认不出长相。"

"说得是。那凶手是谁？"

"别老问我呀，你也稍微动动脑子！"吉五郎又笑道，"可能被杀的女人有三个，可能杀人的男人也有三个。巡夜人藤助、黑沼家女婿幸之助……再来便是寺院住持……凶手应该就是三者之一。唉，一直站在大街上聊也不好，去那边找个馆子边吃边谈吧。看阿留那个样子，这阵子想必没法做事了。你代他好好加把劲吧，看你的了。"

"遵命。"

两人一同上了附近一家小食铺的二楼。时间已过晌午，狭窄的二楼上没有其他客人。睡在外廊的猫儿见有人来，一溜烟逃了。

"这地方待着不太舒服。"兼松嘟囔道。

"没办法，这种时候还是找生意不好的饭铺更合适。"

两人都能喝点酒，径直点了酒菜，相互敬了一杯。

"这次的事本是阿留主办，我中途才插手，故而还不清楚详情……"兼松搁下酒杯说，"躲在佐藤宅邸里的那个阿近到底是什么人？"

"她如今虽叫阿近，以前其实叫阿龟，在深川穿羽织[1]。"

"哦，原来是艺伎出身。"

"她相貌姣好，也颇有气度，故而非常受追捧。之后被一名退隐的千石旗本金田老爷看上，老爷

---

[1] 辰巳艺者，江户时代活跃于深川（今东京都江东区）的艺伎，因深川位于江户的辰巳（东南）方向而得名。辰巳艺者的习俗与吉原或其他地方的艺伎不同，比较豪迈，艺名也多用男名，特征是会在最外面穿一件男性专用的日式外褂"羽织"，故而也称"羽织艺者"

为她赎身，将她安置在柳岛的别庄里。"吉五郎也搁下酒杯，说明道，"之后平安无事地过了两年。距今四年前的秋天，十三夜[1]赏月时，她与退隐老爷高高兴兴地喝酒到半夜……宅邸里的人只知道这些，没人知道此后发生了什么。总之天亮以后，众人发现老爷死在了睡铺上，应该是醉得不省人事时，被人用类似剃刀的东西刺穿了喉咙。匣子里的金子不翼而飞，大概有个三十两。阿龟也不见踪影。"

"她杀掉退隐老爷逃了？好狠的女人！"

"虽然是退隐旗本，但他被小妾所杀的事若泄露出去，会影响宅邸名声。故而宅邸对外声称退隐老爷急病骤亡，总算平息事态。但对宅邸主人来说，父亲被杀，他怎可能就此罢休？于是宅邸暗中委托八丁堀搜寻阿龟的行踪。当时我们也按八丁堀老爷的吩咐查了一阵，却没找到阿龟的下

---

[1] 旧历每月十三日的夜晚，尤指旧历九月十三日夜晚，称为后赏月夜。

落。那女子非常机灵，似乎早已穿上草鞋远走高飞，不在江户了。"

"她为何要杀退隐老爷？"

"退隐老爷很宠她，对她百依百顺，很显然她不可能为了那三十两金子就杀死老爷。她拿那三十两金子不过是当逃跑用的盘缠，真正的理由一定藏在别处。别庄里人不多，因此不清楚详情。但据婢女们说，案发前五六天，退隐老爷和小妾似乎发生了争执。听说当时老爷勃然大怒，阿龟也面色惨白，似乎就是那次吵架引发了这场祸事，但因没人知道他们为何吵架，我们也便无从查起。此案一点线索也没有，我们也几乎放弃了。直到最近，我们忽然得到消息，有人在音羽一带看见了一个与阿龟很像的女人。于是我便吩咐阿留去音羽和杂司谷一带打探。阿留着实有两下子，动用各种手段查出阿龟就躲在佐藤宅邸里。但正如我方才所言，阿龟躲在旗本宅邸里，我们无法随意插手。不过如此一来，她已是瓮中之鳖，此案早晚会告破。"

吉五郎一口喝干酒杯里已变冷的酒，胸有成竹地微笑。兼松也同样得意地笑了：

"她确实已是瓮中之鳖。不知那个叫阿龟……阿近的家伙之前躲在何处？难道一开始便躲进了佐藤宅邸？"

"不。"吉五郎摇头道，"若是那样，不可能整整四年没有她的消息。那女的当初一定逃出江户了。虽然还需仔细查过才能证实，但那个叫佐藤的旗本可能是阿近在深川时的熟客。据阿留说，佐藤去长崎当了三年多的差，去年秋天回到江户之后，阿近好像也跟着回来了。这么看来，或许阿近也去了长崎，是与佐藤一起回来的。怪不得我们瞪着大眼到处找都找不到她，原来人家早飞到遥远的长崎去了。"

说着，吉五郎忽然竖起耳朵倾听外头的声响：

"外头好吵，难道走水了？"

兼松立刻起身打开肘挂窗[1]，瞧见许多人正混

---

[1] 肘挂窗：带有低矮大窗台的日式大窗，类似于现在的飘窗。

乱地跑过春光明媚的街道。

"好多人跑去看热闹了，怎么回事？我去看看。"

说完，兼松下楼，不一会儿又回来，意有所指地小声道：

"江户川桥下好像浮上来一具尸体。"

"尸体……"吉五郎眼神锐利起来，"是女的？"

"听说是个年轻姑娘，十八九岁……"

"十八九岁？"

"总之我马上过去看看。"

"嗯，我待会儿也去。"

兼松走后，吉五郎连忙拍手唤人。一名女侍顺着楼梯上来。

"抱歉，菜上晚了，我马上去……"

"不，我不是催饭的。"吉五郎边收拾烟盒边说，"大姐，听说那边河面上浮起一具尸体？"

"听说是的……"女侍压低声音道，"我没去看，但好像是个年轻姑娘。"

"听说才十八九岁？"

"对，好像是附近的人……"

"附近的人……是武家人还是町人？"

"好像是武家人……"

"是吗？我们突然有急事，酒菜都不要了，可否立刻结账？"

"是，是。"

女侍快步下楼。吉五郎则又取出方才收起的烟盒，静静地抽了管烟。

江户川中的尸体是个十八九岁的年轻姑娘，武家人打扮。吉五郎心中立刻浮现一个名字——瓜生家的女儿阿北。

"难道我猜错了？"

在寺内被杀，又被丢进河里女子——难道不是阿近？究竟是阿北还是阿近，他眼下仍半信半疑。

"这时候必须冷静。"

他接着又吸了第二管烟。外头的奔跑声越来越嘈杂。

十三

吉五郎付过账后离开食铺，看见许多看热闹的人往江户川方向跑去。为避人耳目，吉五郎裹上头巾，混入看客中往前走。江户川桥至樱木町旁边的河岸上挤满了人。由于办案的差役还没来，尸体被捞上来后便安置在岸边樱树下，盖着粗草席。吉五郎偷眼一瞧，发现了混在人群中的兼松。市川屋的源藏也在。

"听说是御贿组宅邸的女儿？"

"据说是瓜生大人的女儿。"

"毕竟两三天前离家出走了。"

"不知是投河还是被杀。"

看客们议论纷纷，吉五郎一边竖起耳朵听，一边分出精力留心四周。此时，一个十三四岁的武家姑娘和一个十八九岁婢女打扮的女子气喘吁吁地跑了过来。

"请让一让。"

两人拨开人群靠近尸体，众人连忙让开一条路。吉五郎见状，立刻明白过来。其中一人是瓜生家的幺女，另一人大概是家仆。父母因顾及体面，无法亲自出面，所以才让女儿和婢女先过来认人。看热闹的人应该也认得她们，所以才立刻让路。吉五郎继续观察事态的发展，只见婢女对站在尸体边的看守微微点头道：

"可否让我们看看尸体？"

"是，请……"男子有些同情地说着，稍稍掀开了盖住尸体脸部的草席。

两名女子探看一眼，而后面面相觑，好半晌没有说话。不久，两人再度向男子致意，随即默默离去。

"不愧是武家姑娘。"

"一点也不慌乱。"

众人目送两人的背影，窃窃私语道。吉五郎依旧站在原地等候办案差役前来，可后者迟迟不现身。吉五郎顶着春季正午的日头，又挤在人群之中，有些头昏脑涨，便退到后方，走进河岸边的一处茶棚。兼松也跟着掀开苇帘走了进来。

"尸体好像确实是瓜生家的女儿。"他小声道。

"嗯，看那两个姑娘的模样就知道。"吉五郎也点点头，"但我的推测也不全是错的。死者并不是在寺院被杀的。警备所的人掀开草席的时候，我偷偷瞧了一眼，那尸体的脸和脖子上一丝伤痕也无。况且看她那表情就不像是被人杀害的。"

"这么说，她是投河自杀？"

"约莫如此。在寺里被杀的女子应该另有其人。"说着，吉五郎看了一眼苇帘外面，"喂，阿兼，你去私下问问源藏，在那边与他交谈的那个武家仆役是哪家宅邸的。"

"是，是。"

兼松跑了出去，不久又返回：

"那是佐藤宅邸的仆役，叫铁造。"

"是吗？要是阿留在就好了……"吉五郎咂了

咂嘴，"算了，我直接去问吧。你在这儿盯着，等办案差役过来。"

吉五郎走出茶棚，发现那仆役还没走，正盯着不断聚集而来的看客的脸瞧。吉五郎凑到他身旁，熟稔搭话道：

"喂，小哥，抱歉，可否借一步说话？"

"你是谁？"仆役瞪着对方道。

"你认识三河町的阿留那小子吧？"

"三河町的……阿留……"仆役的眼神愈发警觉，"阿留怎么了？"

"阿留受了点伤，叫我代他来。你不要废话啦，跟我来一趟。"

"哦，是这样。"

仆役似已猜到对方身份，应得格外老实。吉五郎领他回到原来的小食铺。大概方才多给的赏钱起了作用，女侍非常热情地将两人领到二楼。

"你就是三河町的吉五郎吧？为何带我来这儿？"仆役铁造一脸忐忑地问。

"哎，你别急，我慢慢跟你说。"

吉五郎点了酒菜，支开女侍，然后闲适地说：

"听说这阵子我家阿留受你诸多照拂……"

"哪里的话，没什么……"铁造仍没有放下戒备。

"从河里捞上来的那具尸体是御赐宅邸瓜生大人的女儿吧？"

"嗯。"

"她怎么死的？"

"我不知道。"

"你不知道？"吉五郎思忖道，"那就当你不知道。昨天半夜，你上哪儿去了？"

铁造不语。

"大半夜的，还刮风，你们两人，还有一条胡叫的狗跟着，去了哪里？"吉五郎又问。

"您在说什么？我昨晚从未出过门。"铁造冷声道。

"这么说是我认错了？搬走阿近尸体的人不是你们？"

见对方变了神色，吉五郎又追问道：

"你们平时就受阿近的照顾，拿了不少零花钱吧？即便是受人之托，你们应下这差事，忘恩负义地抛弃她的尸体可不厚道。"

"不管你怎么说，我没做过就是没做过！"铁造再度冷声道。

"别那么激动，我只是想跟你和和气气地喝喝酒、聊聊天。"

适逢女侍端来酒菜，谈话暂时中断。两人让女侍斟酒，各自喝了一杯后，再度不咸不淡地聊了起来。

"目白坂下那家寺院可是你们宅邸的菩提寺？"吉五郎边倒酒边问。

"不是。"

"那是阿近认识的寺？"

"我不知道。"

"问什么都说不知道、不知道的，未免太冷淡了。"吉五郎笑道。"就不能说点好听的？"

"不管好不好听，不知道的事情当然只能说不知道。虽然腰上配的是木刀，但我也宅邸的人，你们不能随意审讯。"

他老老实实地跟来这里，却突然气势汹汹地说些强硬的话，一定是忽然感到了害怕。凭借多年的经验，吉五郎很快便明白他这是心里有鬼。

"你说得太对了。我不能随意审问你。"吉五郎劝道，"留吉是我的手下。既然你与留吉相熟，跟我也就不算完完全全的外人。正因如此，我才邀你来此，希望你能把自己知道的都……"

"我跟留吉也是最近才认识的，不怎么熟。"

"你态度非要这么冲？"吉五郎又笑道，"那我什么都不问了。但我没把你当外人，所以忠告你一句：那宅邸不可久留。"

"为何？"

"白鱼河岸的吉田幸之助与你家主人是亲戚，平素出入府邸期间竟与阿近亲近了起来。后来阴差阳错的，他又去附近的御赐宅邸当婿养子。本该成为他妻子的阿胜因身体抱恙，无法立即举行婚礼。结果在此期间，他又与邻家女儿有了私情。阿近得知此事，心生妒忌，与他大吵大闹了一番。

光是如此倒还好，只是幸之助因此逃跑，阿胜自杀，阿北投河，阿近则遇害。闹出这么大的动静，此事不可能善了，你仔细想想便知。恕我直言，你家主人也牵扯其中，一定在劫难逃。若在那样的宅邸里久留，你们很可能会受牵连，你说是不是？”

铁造沉默，似乎大气也不敢出。

“不仅如此，这阵子闹得沸沸扬扬的白蝶的真面目，我也已经查清楚了。一定是巡夜人的女儿阿冬用菅系放飞的。”

“你怎么知道？”铁造慌张地反问。

“若这点事都弄不明白，我也干不了这一行。”吉五郎哂笑道，“事情到此已无法挽回，一定会牵连很多人。你最好有所准备。”

“你别吓唬我。我都说了我什么都不知道……”铁造有些丧气，“我没做过那种坏事。”

“我说了这么多，你若还不明白，那就算了。咱们也别说这些没意思的，舒舒服服地喝酒吧。”

吉五郎拍手唤来女侍，让她再拿酒来，又点

了些下酒菜。接着，吉五郎默默地为对方斟酒，铁造默然饮下，吉五郎也沉默地喝酒。两人无言地对饮了好一会儿。只是吉五郎时不时会瞪着对方的脸瞧。铁造也偷偷观察对方的脸色。

这无疑是一种精神上的拷问。如此一言不发，随着时间的流逝，心中有鬼的人会逐渐窘迫，最终不堪忍受。若是天性胆大的人，这种时候或许还能重新壮胆，但大多数人都承受不了这种无声的折磨，最终臣服。铁造似也渐渐承受不住，开始一个劲自斟自饮。

见对方逐渐如自己所愿，吉五郎继续保持沉默。铁造也一声不吭地喝酒。空酒壶已有三四个。

"不知怎的，今天总也喝不醉。"铁造望着吉五郎，自言自语般说道。

吉五郎瞪了他一眼，依旧不吭声。铁造又默默喝起酒，过了一会儿再度开口：

"你不喝了？"

吉五郎没有回答。铁造继续默默喝酒，不久又说：

"喂，我一个人喝酒没意思。你也喝啊？"

吉五郎还是没有回答。铁造又沉默着倒了杯酒饮下，连握酒壶和酒杯的手都抖了起来。他控诉般说道：

"喂，能不能应个声？我一个人没劲得很！"

吉五郎又瞪了他一眼，依旧不回话。铁造想必也如他自己所言，今天非但没有一点醉意，反而脸色越来越苍白。他几乎哭出声来，又控诉道：

"喂，你为何不说话？"

"这是我想问的问题。"吉五郎终于开口，"你为何不说？"

"我哪有不说？是你不说！"

"那我问你，你为何不肯说？"吉五郎眼神锐利地盯着他。

"可我真的什么都不知道！"铁造结结巴巴地答道。

"当真不知道？你不知道，我自然也就不问。我不说话，你也别说话。"

"我受不住了！"

"那你说不说？"

"我说，我说！"铁造近乎哀号地说。

"你可别撒谎。"

"我不撒谎，我全都说！"

"嗳，等等。"

吉五郎起身看一眼楼下，接着重新在铁造对面坐下。

"好了，别让我再一个个问了，把你知道的都说出来吧。"

铁造一改方才强硬的态度，他问：

"我全说出来后，你会将我如何？"

"不如何。我会救你。"

"你肯救我？"

铁造似是松了口气。吉五郎拿起酒壶为他倒了杯酒，仿佛在鼓励他。

十四

姐姐阿北的尸体浮出江户川时，弟弟瓜生长三郎正走在向岛的堤坝下。

昨天他也来过本所寻找姐姐，但因天色已晚而中途折返。父子俩商量之后，决定今天长三郎从小松川[1]往小梅、绫濑[2]、千住方向找，不用上值的父亲长八则往山手方向搜寻。与如今不同，当时的人非常注重亲缘关系，即便是远亲也经常走动。因此在这种情况下，需要探访打听的地方非常多。而且当时交通不便，仅将所有亲戚探访一圈就要费很大的劲。

长三郎先去了小松川和小梅一带的亲戚家打

---

[1] 小松川：今东京都江户川区小松川。

[2] 绫濑：位于今东京都足立区绫濑川河畔。江户时代是江户市东北方向远郊。

听，都没有姐姐的消息，反而是他们对阿北出走之事大感意外，抓着长三郎详细问了事情的来龙去脉。正因如此，长三郎在此逗留的时间比预料中多了不少，离开小梅时已过了七刻（下午四时）。

眼下已是旧历二月中旬，时近春分，寺院门口排起长龙，这些都是小梅这一带等待春分礼佛的人，熙熙攘攘，人头攒动，分外热闹。寺门前的花铺前也堆了大量芒草。长三郎斜眼觑着花铺，在河堤下快步往绫濑村方向走去，恰逢一名武士从河堤小径上走下来。武士唤住长三郎：

"这不是瓜生家的公子吗？"

长三郎闻言回头一看，原来是鲷鱼御纳屋的今井理右卫门。瓜生家与今井家并没有直接的关系。但因今井与白鱼河岸的吉田家同在御纳屋当差，两家自然交情甚笃。而吉田家与御赀宅邸的黑沼家又是亲戚，故而瓜生家也便认识了吉田家，又顺着认识了今井家。长三郎微微点头见礼，理右卫门也笑问道：

"你去哪儿？扫墓？"

"不，去绫濑村……探访亲戚。"

"那真是辛苦了。我是要去白须桥[1]附近扫墓。由于出门晚，回家时兴许天都要黑了。家中菩提寺太远，实在有些不方便……"理右卫门笑道。

两人一个去绫濑，一个去白髭，方向都一样，因此两人并肩行走。

"我昨晚看天色，以为今天要下雨，哪知竟是个风和日丽的大晴天。河堤上的樱花也要开啦。"理右卫门仰望着晴朗天空说，"你去找绫濑的亲戚是有事……还是去玩的？"

"不……"说着，长三郎又有些踟蹰该如何回答。

"莫非是在找你阿姊？"理右卫门小声道。

长三郎有些惊讶理右卫门竟然知情，随后想到他与白鱼河岸的吉田交好，推测他是打这儿

[1] 白须桥：今东京都荒川区隅田川上连接台东区桥场和墨田区堤通的桥梁。附近有白须神社，位于今东京都墨田区东向岛三丁目，江户时期为隅田川（向岛）七福神之一，祭神为猿田彦大神。

听说了幸之助和自家阿姊离家出走一事，于是坦陈道：

"家里出了点麻烦事……"

"嗯，白鱼河岸那边好像也很担心。"理右卫门点头道。

"我昨日在日本桥被捕吏吉五郎叫住打听了吉田家，那人似乎也在追查此事。希望不要闹得太大……还有，恕我多嘴，这里到绫濑还远着，你说不定会白跑一趟。"

"会白跑一趟吗？"长三郎抬头望向对方说。

"虽说春天日头长了，往返一趟绫濑想必也得耗到天黑。"

"这倒不打紧，只是，当真去了也没用？"长三郎再问。

"大抵没用。"

"这么说，您知道我阿姊的去向？"

"不，不知。我不知道。"理右卫门为难道，"只是她不可能跑这么远。俗话说灯下黑，要找的人往往就在身边不远处。"

他这口吻好似知道什么秘密。长三郎心跳加快，撒娇般问理右卫门：

"其实您知道吧？请告诉我！先不管幸之助，请告诉我阿姊的下落，求您！"

"不，不知道，我当真不知道。"理右卫门愈发为难道，"我只是说明'灯下黑'这个俗世比喻。既然你已走到了这儿，那抱着白跑一趟的打算去绫濑看看也好。从这里去绫濑只需直走即可。我这便要右拐了，咱们就在这里分别吧。"

理右卫门忽然右转，沿着田间小径快步离开。

他逃离的态度也好，方才的口吻也好，都让长三郎心中疑窦丛生。他打算悄悄地跟在理右卫门后头。但若直接跟上去，兴许会被对方察觉。长三郎决定过一会儿再跟上去，便站在原地四下张望，看见路旁有一个小茶棚。

赏花时节将至，这一带的农户们紧赶慢赶，搭了个临时的摊子，但还没开业，所以只是个有名无实的小屋。长三郎打算躲进小屋内，漫不经心地走进去，谁知竟有个人忽然从旁边立着的旧苇帘后走了出来。

长三郎吓了一跳，下意识停住脚步。对方是个年轻姑娘，正是阿冬。这节骨眼上竟在这种地方遇上阿冬，长三郎又吃了一惊。他无言地盯着阿冬，后者却毫不客气地凑了过来，能视物的那只眼里闪烁着异样的光亮。

"少爷，又见面了。"

"你为何在这儿？"

"因为不能回家，昨晚便在各处游荡。"

"你昨晚说要带我去找阿姊，可是真的？"

阿冬不语。

"原来是撒谎。"长三郎诘问道。

"说带你去虽然是假的……但我知道令姊下落。"

"那就告诉我。"

阿冬望着男子的脸，不说话。

"你是漫无目的地乱走才到这儿的？"长三郎问。

"我爹告诉我，若有危险便去向岛。"

"去向岛的……哪里？"

"一个叫五兵卫的造园师家。"

"我阿姊和幸之助都在那儿？"

阿冬不答。

"那你知不知道五兵卫家？"

"我几乎没来过这儿，迷路去了四木[1]方向，午后才折返到这里，又累又困，便进了这小屋睡觉。

"这么说，你找不到地方？"长三郎失望地说。

"那接下来我们一起找吧。"阿冬似发挥出了她的野性，愈发毫无顾忌地牵起他的手。

长三郎心想不能因与这种女人纠缠而跟丢理右卫门，于是挥开她的手离开小屋，目光沿着笔直的小径，远远地落在了理右卫门的背影上。他跟了上去。田间道旁有一条畦沟。畦沟右拐处铺着狭长的板子，对面有一处稻草顶的屋子。四周都是庄稼地，只在远处有一户人家。屋子四周围

---

[1] 四木：今东京都葛饰区四木。

着一圈稀稀拉拉的篱笆，院里几乎没有空地，种着大量树木。长三郎想，那或许是造园师的花木场。门口有一棵大桃树，粉红桃花灼灼盛开。

理右卫门站在树下，回头看了一眼，随即踏过长板进入屋内。长三郎见状快步上前，结果阿冬也跟了过来。

"小心，那武士兴许看见你了。"她小声提醒道。

但长三郎根本无心顾虑这点。他再度甩开阿冬，朝屋子跑去，来到门前却有些踟蹰。先不说理右卫门，自己与这户人家没有半点瓜葛，不可能毫无知会就径直入内。可若贸然唤人，又可能打草惊蛇，让对方逃脱。他站在桃树下正思考该如何是好时，里头出来一个五十来岁的女子，不安地盯着年轻武士看。长三郎也不吭声。不久，女子狐疑地问：

"你是谁？"

长三郎又有些迟疑该如何回答，最后心一横反问道：

"方才有位武士进去了吧？"

"没有。"

"前些天是不是有年轻男女来这儿了？"

"没有。"

"没人来过？"

"没有你说的人来过。"女子冷淡道。

"不要隐瞒！我有事找他们，这才特地从音羽过来。"

一问一答间，面向入口的肘挂窗忽然拉开一条缝，有位男子似乎一直在竹格窗内注意外面。他腰佩大小双刀，趿拉着草履出现在大门口。长三郎一眼认出来人正是黑沼幸之助，感觉像找到了久寻多时的仇人。

"长三郎，你来干什么？"幸之助眼神凶狠地问。

"我来找阿姊。"长三郎毫不畏惧地应道。

"你阿姊不在这儿。"

"当真不在？"

"不在。快走，快走。"

"我不走。把我阿姊交出来！"

"都说了你阿姊不在……真是难缠。"

"若她不在这儿，请你告诉我她在哪儿！"长三郎上前一步问道。

"你小子……露出那表情是想干什么？"

说着，幸之助也变了脸色。由于父亲一向吩咐长三郎，若幸之助抵抗，砍他便是，故而长三郎寸步不让，又逼问道：

"阿姊在不在这儿？若是不在，一定是你将她藏到别处去了！请告诉我！"

"不知道，不知道！"幸之助骂道。

双方声音越来越大，里面又出来一名武士，正是理右卫门。

"不要吵架！两位都停下，停下！"他在背后唤道。

幸之助闻言，立刻转身问：

"今井氏，是你带长三郎来的？"

"不，是他自己来的。"

"不，不对，是你们约好了给我幸之助下套

吧？我绝不会上当！"

幸之助似乎已激动起来，失去理智了。他刷一下拔出佩刀，但并未向谁攻去。

"你拔刀做什么？"理右卫门制止道，"不要冲动！冷静，冷静一点！你疯了吧！"

"对，我是疯了。"幸之助吼得更大声，"事已至此，谁要打我都奉陪！来啊！"

因理右卫门离得较远，幸之助似乎打算先与近旁的长三郎交手，突然转身向他砍去。长三郎早有准备，侧身躲开，与此同时却响起一声女子惨叫。

两顶轿子飞速赶来，停在门口。

原来是阿冬替长三郎挨了这一刀。她追随男子而来，原本躲在门口窥伺情况。眼看着长三郎与幸之助的谈判愈发不妙，对方还拔出了腰间配刀，阿冬心下不安，便走进来想保护长三郎，却正好撞上怒气上涌的幸之助砍来的刀刃。长三郎敏捷地一躲，刃尖恰好划过阿冬脖颈，她一下倒在了男子脚边。

长三郎见状也想拔刀摆好架势，但理右卫门已冲过来从后面抱住了幸之助。

"不能拔刀！停下，停下！"他对长三郎喊道。

神色失常的幸之助大吼大叫，暴动着企图挣开被抱住的手臂。此时，两名男子进来，正是捕吏吉五郎和兼松。

"今井老爷，请将他交给我们。"吉五郎掏出捕棍说。

"吉五郎？"理右卫门依旧紧紧抱着幸之助，附耳对他说道，"幸之助，死心吧！你已无路可逃了！拿出武士的样子认命吧！明白了吗？"

也不知是受理右卫门一番话触动，还是畏惧眼前拿着捕棍的吉五郎和兼松，幸之助忽而安分下来，哐啷一下丢掉了手里染血的佩刀，依旧被理右卫门束缚着，滑坐到了地上。

"我受吉田双亲之托，来此对他说明缘由劝他自首，可惜已经迟了。"理右卫门叹息道。"事情至此已无力回天。幸之助，你老老实实跟他们走，认罪伏法吧。"

幸之助仿佛精疲力尽，一言不发地垂着头。长三郎耐不住问道：

"我阿姊在不在这儿？"

"不在。"理右卫门摇头道，"正如方才所说，你阿姊不在。这里只有幸之助一人。"

"瓜生少爷，"吉五郎插嘴道，"令姊……已成尸首，被从江户川里捞了出来……"

"从江户川……"长三郎不禁大喊。

理右卫门和幸之助各自发出一声悲痛的哀叹。只有独眼少女一人对此毫无反应，因为她已被幸之助一刀断送了年轻的生命。

十五

四天后，音羽旗本佐藤孙四郎受町奉行所传唤。寺院住持祐道也同样受寺社奉行所传唤。祐道奉命露面，孙四郎却在前一夜急病骤亡。后来才知道，虽然明面上说是突发恶疾，实际却是自杀。

阿近的尸体也浮现在江户川上。正如吉五郎所料，在寺内被杀的女子果然是阿近。

仆役铁造顶不住吉五郎给他的压力，将自己所知的秘密和盘托出，暴露了黑沼幸之助的藏身处，于是吉五郎和小卒兼松一起乘快轿赶到向岛河堤下，此事正如前文所述。幸之助似已死心，招供了自己所知的一切秘密。

祐道不愧是出家人，到了这个时候还毫无惧色地坦白了一切。由于其他涉案人阿近、阿冬、阿北已全部死亡，这部分的真相不甚明了，但结合幸之助、祐道等人的口供进行判断，本案真相应当如下：

阿近原名阿龟，往昔曾是深川的艺伎。她被退隐旗本的老爷金田赎身，住进柳岛别庄后平安无事地过了好一阵。她在深川时与音羽旗本佐藤孙四郎也十分亲近。佐藤是一名二十五六岁的单身汉，阿近心中其实更中意他。只是与金田相比，佐藤身份低微，加之惯来游手好闲，家中也无产业，无力与金田抗衡。阿近无奈，只得被赎往柳岛宅邸。然而两人却没有就此断绝往来。阿近住进柳岛后依旧借口去寺院或神社，继续偷偷与佐藤幽会。

这秘密被金田老爷发现，事情变得棘手。加之佐藤被任命了长崎的差事，出发去了西国。阿近便杀了金田老爷，盗走三十两金子做盘缠，去追佐藤。当然，她无法光明正大进出佐藤宅邸，因此藏在长崎町郊过着外室的生活。不知不觉过了三年，佐藤要回江户了。若阿龟与佐藤一同回到江户，难免惹人注意。故而阿近先一步回来，偷偷潜进了音羽的佐藤宅邸。

当时的旗本宅邸拥有类似治外法权的权限。只要她躲在里面安稳度日，也不容易被町奉行所发现。只是阿近一回江户就找到了新的情人，那便是白鱼河岸吉田家的次子幸之助。吉田家的主母是佐藤家的亲戚，两家因着这层关系来往甚密。阿近自然而然与幸之助熟稔，瞒着佐藤与新情人幽会。男子比女子小了整整八岁，女子的爱情之火燃烧得甚为猛烈。为了让男子无法逃脱，女子便将自己的秘密告诉了幸之助，威胁说若幸之助变心，她就说他是杀害退隐老爷的同谋，将他也拉下水。与如今不同，在那个时代，这种威胁格外有效。即便成功证明自己是无辜的，可若自己因与这样的女人纠缠而遭受奉行所审问，他的前途便全都葬送了。年轻的幸之助万般后悔自己惹上了这么个不得了的女人，却因畏惧阿近的威胁而对她言听计从。

不久，黑沼传兵卫横死的事件发生。由于先

前已许了婚嫁，幸之助便成为黑沼家女儿阿胜的丈夫，来到了音羽的御贿宅邸。恋人来了附近，阿近非常开心，便将巡夜人藤助家定为幽会场所，经常叫幸之助出来。幸之助一方面有了阿近，另一方面又有了未及举办婚礼的正妻阿胜，可他意志薄弱，竟又与邻居瓜生家的女儿阿北暗通款曲，故而围绕这个男人的三个女人之间关系极其复杂。幸之助明知这样下去不会有好结果，但事到如今已无力解决问题。

这时就要先说说住持祐道了。其实他是阿近的亲哥哥。祐道是长子，往下有一个妹妹和一个弟弟，最后则是幺妹阿近，总共兄弟姐妹四人。只是他们幼年便失去双亲，尝尽艰辛。后来，中间的一男一女也死去，只剩下祐道和阿近两人。祐道幼时便成了深川某寺的小和尚，一心修行，最后进入这家历史悠久的寺院担任住持。妹妹阿近却被卖到深川当艺伎，成了泥水里打滚的风尘女子。然而命运着实不可思议，住在寺院附近的佐藤孙四郎与阿近有了孽缘，阿近也犯下了弑主大罪。

祐道哀叹于妹妹的罪孽，等她重回江户，便劝她干脆去自首，但对红尘颇有留恋的阿近哭着拒绝了。祐道想过直接将她押到官衙，可看见幼时同甘共苦一路走来的妹妹在自己眼前哭泣，他也不禁心软。虽然知道对不起诸佛，他还是饶过了身负罪孽的妹妹，只是内心无时无刻不受苛责。结果妹妹却一而再，再而三地犯下罪行。

面对寺社奉行的讯问，祐道说，去年秋季以来在暗夜放飞白蝶的便是阿近。阿近为何做出如此古怪的事？由于死人不会开口，此处只能凭借祐道的一面之词进行判断。他的陈述如下：

"妹妹逗留长崎期间，似乎从唐人宅邸里的南京人处得知了某个秘密，说是只要在暗夜放飞白蝶惊吓一千个人，任何心愿都能成真。这在我们佛家看来本就是一种邪法，可妹妹却深信不疑，回到江户后依旧践行邪法。而她的心愿则是希望过去的罪行不被发觉，与黑沼幸之助长长久久，同时希望碍事的佐藤孙四郎寿命缩短……总之就是被情爱迷了眼才行了白蝶邪法。佐藤固然有罪，但他与她相识多年，何况自长崎以来便窝藏她，而她却为了新欢而诅咒旧爱，真是蛇蝎心肠。但她是个女人，无法随意在天黑后出去放飞蝴蝶，便给了巡夜人藤助一些钱，让他在有风的夜里放飞蝴蝶。藤助是巡夜人，深夜到处走动也不会有人起疑。藤助有个叫阿冬的独眼女儿，生来伶俐，于是便由阿冬来放飞蝴蝶，父亲藤助则在后头辅助。那蝴蝶……说是秘传，制法从不外泄，但似乎是用某种唐国舶来的类似薄绢的东西制成，又在上面涂了某种药剂，使之能在暗处发出白光。若只在音羽附近放飞，容易被人察觉，所以他们不时会去其他地方。正因如此，我认为那蝴蝶应该无毒。外头虽然传闻见到蝴蝶便会患病，但应该只是因惊骇过度而导致发热，又或者是他们在蝴蝶药剂里混入了某种毒剂，我也不太清楚。至于阿近是如何结识巡夜人藤助的，这我也不知道。佐藤宅邸从前虽不宽裕，但去长崎当差以后便相当富足了。"

至于黑沼传兵卫是何人所杀，祐道却说虽然是自家寺前的事，他却一无所知。但他又说，那大抵是藤助父女干的好事，约莫是用类似毒针的东西刺了黑沼吧。总之，他们以祐道寺里的墓地为大本营，做了许多惊扰世间之事，祐道也颇感为难。祐道曾多次规劝阿近等人，但他们从来不听。不久，白蝶之事愈传愈烈，町奉行所好像也开始追查，祐道心中更是愁苦。当听说阿近和幸之助从藤助家回来的途中遭到来自町奉行所的秘密追缉，险些没能逃脱的传闻后，祐道也感到内心有如毒针猛刺。

遭町奉行所追缉后，懦弱的幸之助不能再回自家宅邸，便藏身佐藤宅邸。阿近趁机心生一计，将自己的情敌阿北引了出来。帮阿近带话的依旧是藤助。他告诉阿北，幸之助就藏在佐藤宅邸里，还撒谎说幸之助也想见她一面，由此将她骗了出来。被骗出来的阿北也疏忽大意地进了佐藤宅邸。阿近早就等候她多时了，将她带入深宅大院里的旧仓房，把她关在了里面。因为阿近认为，只要自己亲手监禁阿北，她便无法再与幸之助幽会。

由于阿近不断犯下种种恶业，祐道终于下定决心。他趁妹妹来寺里时将她抓住，说她这样的恶魔已无药可救，严厉命令她前去自首。他含着泪水怒目而视，说若她执迷不悟，他便如帝释天毁灭阿修罗眷族一般亲手杀死妹妹。眼看哥哥心意已决，阿近顿感恐惧，暂且答应，说第二日便随兄长去奉行所自首。

祐道仍感不安，便命令妹妹既然已下定决心，就不要再回佐藤宅邸，当晚留在寺院过夜。阿近答应，当晚留了下来，结果半夜果然企图偷溜。祐道已料到她大抵会如此，早有提防，便立即追上去，在院子里抓住了阿近。双方都忌惮旁人耳目，因此都没吭声。两人一声不吭地过了几招，哥哥终于下定决心，化生毁灭阿修罗的帝释天，双手掐住了妹妹的脖子。

当晚除了留吉，其实还有一个人注意到了这场打斗，并且比留吉看到的更多。那就是藤助。他遭吉五郎等人的追捕，逃进了墓地深处，但见留吉中途倒地无法久追，便悄悄绕到厨房让寺院男仆帮忙解开了身上的捕绳。由于眼下贸然离开太过危险，当晚他便留在了寺内。只是听说除自己之外，捕吏小卒留吉也宿在了寺内时，他心中不安，于是半夜潜至庭院暗窥情况，正巧看见了阿近的死亡现场。

不知是出于对住持的同情，还是想借此捞一笔，藤助信誓旦旦接下处理尸骸的任务，去佐藤宅邸叫来了仆役铁造。在深夜风声的掩护下，阿近的尸体被运送出去，沉入江户川。黑沼传兵卫横死之后，藤助知道住在自己家非常危险，便佯装失踪，实则藏身于佐藤宅邸。

祐道的陈述到此为止。接下来的问题就是阿北是如何沉尸水中的。她究竟是自杀还是他杀？不论如何，黑沼幸之助作为唯一的相关者，受到了严厉审讯，但他坚称对此毫不知情。但他说他知晓阿近被杀的那天傍晚，阿北趁送饭婢女不注意，溜出了仓房。

深入追查下去，市川屋的手艺人源藏起初还

312

遮遮掩掩地不肯说，后来才松口透露阿北逃出佐藤宅邸后并未直接回家，在路上徘徊时恰好遇上了他，并从他口中得知了邻家阿胜自杀的消息。据此推测，阿北或许是悔恨于自己的罪孽，抑或明白此事终究无法善了，总之彷徨地在江户辗转了一日，等待入夜之后便投河自尽了。互为情敌的两个女子最后沉在同一条河里，当真是孽缘。

向岛造园师五兵卫自他父亲那代起便进出佐藤和吉田宅邸。幸之助曾提醒过阿近，最近町奉行所好像也在追查白蝶之事，让她暂且中止。但阿近却说此事一旦中止，心愿便无法达成，不但不肯答应，反而胁迫幸之助，命令他帮着护卫阿冬等人。在寺门前救下藤助的蒙面恶徒正是幸之助。然而懦弱如他，造下这许多罪业，精神早已不堪忍受，故而当晚便离开音羽，半夜叩开了白鱼河岸老家的大门。父亲幸右卫门听完来龙去脉后，认为幸之助一晚都不能在家里待，便对幸之助说他自有打算，指示他暂且躲在向岛五兵卫家中。幸之助依言前往向岛。第二天傍晚，今井理右卫门就来了，接着瓜生长三郎也来了，捕吏吉五郎和兼松也来了。随着阿冬身死，幸之助的命运也就此注定。

至于佐藤孙四郎为何自裁，谜底已无从得知。但对此，幸之助透露道：

"阿近曾对我说，佐藤在长崎时曾做下诸多恶事，而她全都知道，所以不管她如何任性妄为，佐藤都奈何不得她。"

看来是佐藤在长崎当差时，曾经贪赃枉法做了什么歹事，这才从一个穷得响叮当的旗本一跃而成富贵之人。阿近应是掌握了其中秘密，才能在佐藤宅邸内如鱼得水。佐藤大约是害怕本次事件让当年的勾当东窗事发才自杀的。

巡夜人藤助再度行踪不明。若能逮到他，事件真相应该能更加明了了。但任凭吉五郎用了各种手段进行追捕，终究一无所获。大约三个月后，八王子山中发现了一具酷似藤助、上吊而死的尸体。只是尸身已经腐烂，辨不清面容。八王子是藤助的故乡，但吉五郎四处打听，却始终没能找到藤助的消息。或许是当地众人都怕被牵连，全都闭口噤声了。

主办此案的捕吏是吉五郎，正是这本《半七捕物帐》中的主角半七的岳父。